李虹诗词随笔

李虹 著

西南交通大学出版社
·成都·

图书在版编目（CIP）数据

李虹诗词随笔 / 李虹著. —成都：西南交通大学出版社，2016.3
ISBN 978-7-5643-4617-1

Ⅰ. ①李… Ⅱ. ①李… Ⅲ. ①诗词 – 作品集 – 中国 – 当代②随笔 – 作品集 – 中国 – 当代 Ⅳ. ①I217.2

中国版本图书馆 CIP 数据核字（2016）第 058868 号

李虹诗词随笔 李虹 著

责任编辑 张慧敏
封面设计 严春艳

印张 21.5 字数 326千
成品尺寸 170 mm × 230 mm
版本 2016年3月第1版
印次 2016年3月第1次
印刷 成都勤德印务有限公司

出版 发行 西南交通大学出版社
网址 http://www.xnjdcbs.com
地址 四川省成都市二环路北一段111号
西南交通大学创新大厦21楼
邮政编码 610031
发行部电话 028-87600564 028-87600533

书号：ISBN 978-7-5643-4617-1 定价：58.00元

自 序

偶寄闲情小作诗，耆颜斑鬓亦张弛。

清词浅律集成册，满纸荒唐莫笑之。

余资质愚钝，才疏学浅，笔力不逮，羞于见人，一直没有聚作成书的冲动。荒唐的是明知不可为却又而为之，竟然收集习作，汇辑成册。一是聊慰朋友，二是留墨以存，三是自娱自乐。闲时信手拈来，虽非妙笔生花，却可孤芳自赏。完全是兴之所至，闲情所寄；执笔抒怀，情动辞发；醉咏流年，人生浅探；叙事言情，写景状物；意趣随心，任其遐想；偶生灵感，雕琢意境；淡写轻描，情不自禁；聚之毫端，尽在其中。

逐成此册，可谓耕耘有获，在人生的画卷上涂鸦一帧文韵之笔，回味岁月之痕迹，感受生活之丰富，浸染生命之瑰丽。悄悄咀嚼斑驳过往春华秋实，细细品味苦乐年华百折不怠，深深感悟流年记忆精彩瞬间，静静诠释羁旅尘途风云变幻，恣情游弋大千世界荏苒轮回，倾心感切知音知己亲情挚伴的幸福温婉和相思相念，默默感怀红尘阡陌徘徊惆怅的云烟寥寂和离愁别绪，尽情感动素笺淡墨低吟浅唱的激情意韵和馨欢悲悯，并能从中寻出几笔可为自己的余生增加一点愉悦和排遣，留一份清爽给自己。让灵魂在静谧的憩园里，陶醉一隅属于自己的风景，默守一份袅袅于心的惬意和欣然，舒缓一丝不能释然的忧伤和疲惫，典藏一页唯我独尊的沉醉和唯美，将是一件快慰之事，何乐而不为。

感恩红尘世界赐予的每一次婉约幸福和美好，感激岁月人生经历的每一段坎坷和蹉跎，感谢生命沿途相遇的每一位亲人和朋友，让我植根在心，浸韵生情，幻化成绪，倾注于墨。

粗糙习作不堪传，阅尽人生却枉然。

半笔痴顽初淬剑，三秋狂草竟成篇。

芦圩乍入无深浅，栈道趑行晓易难。

一梦罗浮霜染鬓，只留残墨自暄妍。

李　虹

2015 年 12 月 5 日写于哈尔滨

目 录

人生浅悟

填 词

格律诗

抒情写意

填　词

格律诗

随　笔

友谊亲情

填　词

格律诗

随　笔

山水风光

填 词

格律诗

人生浅悟

填　词

减字木兰花

留取丹心涌善泉

梵音咏叹，梦里菩提何以见。

天道佛缘，叩首焚香难得禅。

胸宽志满，济世修德方悟远。

烟灭灰残，留取丹心乃善泉。

菩萨蛮

从容度（三首）

一

慈悲向善从容度，匆匆过客红尘路。
空悟即佛禅，有无乃道安。
虚怀端自品，淡定弘余信。
坚韧是风格，顽强乃执着。

二

尘烟陌上从容度，经年往事清风入。
追忆岁如歌，回眸梦几何。
胸宽怀世宇，心大空无蓄。
诗酒乘飞鸿，悲欢皆是空。

三

清茶一盏从容度，花前月下闲庭步。
昔日去如烟，余生要尽欢。
天伦痴梦醉，悠哉萦心荟。
愁绪少徘徊，曾经不再来。

江城子

好人当

人生苦短莫痴狂，
看苍茫，任秋黄。
枯荣残败，难免见凄凉。
明月清风天地转，
情缱绻，意飞扬。
无求名利与华章，
好人当，自流芳。
欣然一梦，何以叹头霜。
淡定从容凭雨打，
心若静，胜天堂。

鹧鸪天

步韵和罗俊仪 乐观

暮色残阳照海山，闲庭信步自如仙。
人生至此终无憾，潇洒行藏不枉然。
求稳健，醉心弦，古今王谢化云烟。
轻吟浅唱酬知己，快乐开心每一天。

罗俊仪原玉 [鹧鸪天] 乐观

日暮霞余半衔山，苍颜皓首慕幽闲。
纵然行藏无颜色，短叹长吁亦枉然。
当临顶，调心弦，旧时王谢成云烟。
清风朗月为诗客，远效前贤赋苍天。

鹤冲天

步韵和罗俊仪 清心寡欲

常满足，信天游，贪念自然休。
多愁善感易白头，早早入墓丘。
多乐观，少忧郁，不悔人生来去。
无求名利做夫妻，夜寐总安居。

罗俊仪原玉 [鹤冲天] 清心寡欲

人增寿，缘无忧。忧及即无休。
人生百态多噱头，“寻乐”远墓丘。
拾与弃，缘其欲。自性如来如去。
贪得趋利永无期，“放下”早安居。

菩萨蛮

释怀心自宽

悲风一夜折花树，凄凉几至如声诉。
锦瑟渐萧疏，翠红难复出。
芳心依梦少，愁绪催人老。
往事淡如烟，释怀心自宽。

阮郎归

飞雪闲思

雪花飞舞引来风，谁知落虚空。
黄昏还有几芳荣，他乡又一冬。
人生短，欲无穷，安康乃成功。
沉香难觅古今同，开心乐到终。

武陵春

多彩人生皆入梦，立命各不同。
顺势随缘迎夏冬，心境自从容。
跳出五行三界外，胸海大无穷。
世事玄灵未必通，淡伫乐其中。

水调歌头

四季水流碧，一夜浸萧寒。
幽窗花影摇曳，空对月缠绵。
芳翠茫然渐少，世事繁复变幻，秋落且自然。
乐也弄琴键，苦也泪湿颜。
影难忘，情缱绻，忆无边。
筝音虚弄，思绪撩动入阑珊。
守望痴怀信念，花谢花开轮转，华发染成斑。
待你悟深邃，早已化云烟。

格律诗

七绝

自性出尘

寡欲清心未悟禅，
随缘应变却生参。
山光水影无闲定，
自性出尘乃释然。

七绝

依旧痴

浮生如梦固然知，
未到成灰依旧痴。
若把凡心皆放下，
出尘护念几人识。

七绝

红尘一梦化云烟

人生切记莫生贪，
名利虚荣勿比攀。
世态炎凉行正气，
红尘一梦化云烟。

七绝

信　念

勿羡华荣莫助贪，
乐施好善自心甘。
粗茶淡饭无烦恼，
笑对行藏不惘然。

五律

清心尘不染

云卷云舒转，花开花落旋。
一沙一世界，万物万重天。
湍水流深远，浮云化雨烟。
清心尘不染，贪念欲无边。

七绝

云水禅心

古寺幽山暮已浑，
风桃柳絮入空门。
稀星冷月参天海，
云水禅心度世尘。

七绝

世态炎凉

名利虚荣镜里花，

风霜雨雪荡尘沙。

酸甜苦辣品其味，

世态炎凉戏万家。

五绝

悟到得道

水动心犹静，

云游意住行。

禅音难解语，

悟到有玄灵。

五绝

淡伫自然直

放眼悟禅识，
平心护念持。
宽怀常乐道，
淡伫自然直。

五绝

少怨多思

伤心气勿衰，
受辱义常怀。
少怨他人过，
多思己不该。

七律

鸟瞰人生

佛道无疆天地玄，德行有界水云间。
慈悲乐善方生慧，护念施仁自得禅。
信诺宽怀胸似海，真诚淡伫气如山。
闲观日月春秋转，鸟瞰人生始末然。

七律

蓦然醒悟固轻松

风飘万里亦无踪，雨落千江且可融。
雾里看花花恍影，水中望月月朦胧。
红尘有序终归了，世事无常始即空。
幻化迷离堪沉重，蓦然醒悟固轻松。

七律

永作泥

朽叶飘零太惋惜，残花落败自怜噫。
芳姿陌上嶙霜雪，碎骨天成作土泥。
浅看浮尘明底事，深藏润物更痴迷。
千秋百转长相守，万古真情总不离。

七绝

心灯不灭

济世修德自有禅，
慈悲向善涌甘泉。
心灯不灭长明路，
放眼才知境外天。

五绝

随缘自得乐

处处皆逢路，
时时可释怀。
随缘自得乐，
明镜在心台。

七绝

禅　悟

塔影钟声醒世人，
云烟水气度凡尘。
菩提无树禅心悟，
明镜非台佛眼明。

五绝

心静了空无

雪洒万花图，
风吹千浪逐。
魂游天地外，
心静了空无。

七言诗

空门禅心

一水一山一片天，一墙一木一枝兰。
一僧一塔一祠庙，一井一灯一户寒。
一进一出一瓢饮，一床一枕一隅眠。
一钵一箸一斋饭，一意一心一世禅。

七绝

顿　悟

半世浑然顿悟开，
凡尘清静本无埃。
哲言妙理求真道，
聚善修心禅自来。

七绝

知足常乐

身在凡尘莫羡仙，
知足常乐自心安。
无求名利方真道，
淡定随缘乃是禅。

七绝

人生如戏戏人生（四首）

一

人生如戏戏人生，雪雨霜风总要撑。
黛玉怜花难慰藉，春光采尽自然更。

二

人生如戏戏人生，忆影追芳梦里逢。
岁月无情难忘却，春秋已过半世程。

三

人生如戏戏人生，一路烟歌一路风。
耗尽春华无觅处，嫣然浅笑又兼程。

四

人生如戏戏人生，半世羁途笑几程。
雪染青丝堪解意，浮名一梦付烟风。

七绝

醒　悟

半世耕耘羡贵荣，
由来醒悟枉然空。
回头盘点痴心苦，
末了无一可与同。

七绝

菩提大无疆

春秋冬夏苒未央，
日月星辰落莫殇。
佛道空灵通宇迹，
菩提智慧大无疆。

七律

淡　香

皎月藏谜浅入云，青山锁雾瞭无痕。
蜿蜒弱水难超舵，浩瀚汪洋易泊轮。
水色山光皆入眼，春花秋叶更萦魂。
六十风雨悄然过，细品淡香更久纯。

七律

笑对人生

苦短人生转眼空，茶余饭后笑谈中。
江湖顺逆随缘去，成败输赢自有鸿。
聚散悲欢皆注定，尊卑贵贱固异同。
韶华易逝何足叹，福寿康宁乐到终。

七律

淡　茶

感慨今生淡比茶，只求纯净宁无华。
多愁善感悲白发，少虑得失满眼霞。
暮虢朝虞怜艳老，桑榆未晚笑成娃。
闲庭信步心悠静，乐伴夕阳靥绽花。

七绝

情　怀

大智千秋方尽览，
宏怀万物乃包容。
深沉耳顺人长久，
博爱真诚笑始终。

七绝

一生一世

一芳一败一春秋，

一意一心一样忧。

一梦一醒一生过，

一人一世一坟丘。

七绝

变幻无常

雨过天晴见彩虹，

潮歌雾散远山重。

风云莫测须臾过，

变幻无常转眼空。

七绝

自　勉

苦短人生转眼空，
得失莫论笑谈中。
江湖成败由他去，
海阔天蓝爽自胸。

七绝

莫求勿争

人生如戏莫求真，
勿把输赢强弱争。
迫在悬崖临坠灭，
凌空一笑化清风。

七绝

活在当下

苦短人生步步难，
谁知晚景是酸甜。
当歌眼下无生死，
畅度余年笑九泉。

七绝

开心快乐最值钱

不怨地来不怪天，
开心快乐最值钱。
兴然稳健随缘去，
海瀚风高坐得安。

七律

六十岁有感而作

匆匆已过六十年，碌碌奔逐忘枕眠。
伴月披星追烈日，迎风载雨踏冰寒。
人生跋涉无言悔，世事苍茫自料难。
不管阴晴不问路，风光掠尽亦欣然。

六言诗

乐逍遥

忘掉千丝万缕，抛开琐事玄虚。
常游阔野山坳，尽赏高山流水。
乐品佳肴美味，聆听好友吟菊。
笑迎风雨成败，享度晚年多愉。

七律

笑看红尘

难舍荧屏总挂依，轻松一目走东西。
衰容慧眼观芸众，鹤发灵犀透雾迷。
睿智无须寻奥秘，聪明未必探玄机。
糊涂淡伫陶然醉，明日朝阳更可期。

七绝

清　福

人生看淡自如仙，
岁月蹉跎且坦然。
会享清福方悟透，
纵然西去也无牵。

七言诗

随　笔

日起一轮遍地明，
云沉一片满天阴。
霜残一叶知秋染，
雪凛一花晓梅情。
浪骇一时舟易覆，
风高一丈步艰行。
年光一瞬临春晚，
快乐一生乃是赢。

抒情写意

填 词

千钟醉

与君同知味

（写在结婚 35 周年纪念日）

铺笺赋笔千钟醉，照影沉香旧忆追。
苦辣酸甜皆入味，同舟共济燕双飞。
得成比目终无悔，执手红尘不枉为。
七彩人生涂鸦绘，千年再拜总相随。

——题记

一钟醉，素笺淡墨精心绘，深虑浅题旧绪飞。
斑驳岁影，流年记忆，与君同知味。
二钟醉，三十五载姻缘配，经月流年娓娓随。
赤诚相待，勤耕共勉，与君同知味。

三钟醉，送别一曲余潸泪，默候重逢尔惬归。
春花秋落，知音遥望，与君同知味。
四钟醉，缠绵悱恻难沉寐，牵念遥相自掩悲。
柔情似水，平撩心寂，与君同知味。
五钟醉，红楼望雨飘思邃，紫阙听风释意追。
艰难孤度，幽思缱绻，与君同知味。
六钟醉，纵观宦海千帆坠，且任沉浮百舸隳。
清风淡伫，闲庭信步，与君同知味。
七钟醉，真情有梦相依偎，挚爱相携比翼飞。
旖旎生命，感怀心旅，与君同知味。

八钟醉，时光荏苒悄然退，四季分更轮转回。
闲时染笔，凝魂住念，与君同知味。
九钟醉，青丝少许朝霞悴，斑鬓耆颜暮雨催。
楼台把酒，红尘作伴，与君同知味。
十钟醉，踏风与子携音萃，步影和卿执手岀。
柔肠百转，初衷不变，与君同知味。
百钟醉，阳光万缕幽窗媚，月照一隅雅室辉。
心灵婆娑，恣情游弋，与君同知味。
千钟醉，羁途至此终无悔，柳岸憩园共举杯。
人生如戏，落日余晖，与君同知味。

念奴娇

百醉人生

书楼听雨，漪窗揉丝缎，晶莹如潋。
淅沥滴滴堪美幻，乘兴酣敲痴键。
琴瑟相知，挥情舞韵，柔曲抚馨念。
嗅香追影，乃知阡陌深远。
莫道暮鼓晨钟，春花秋月，枯朽峥嵘换。
常乐知足诗作友，淡写风笺云案。
魂泊神栖，人生百醉，瞋数年轮转。
一夕如梦，余晖精彩无限。

沁园春

红楼遗梦

花谢花开，四季轮回，逝水流年。
看浮萍浪迹，仙葩美玉，红楼遗梦，千古奇传。
贾史王薛，兴衰成败，慨叹惊魂始末然。
倾一世，以泪来相报，只为前缘。
空来空去谁怜，云烟散，为谁忘枕眠。
满腹辛酸事，有谁知味，痴心一片，孤寂无谈。
薄命红颜，楼空人去，绛草神瑛两界翾。
难如愿，洗尽芳华岁，梦断魂还。

忆王孙

梦未圆

红楼遗梦作奇传。绛草神瑛梦未圆。
泪尽空流入九泉。太悲怜，了却情缘如此难。

燕归梁

和罗俊仪 忆茶事

难忘相逢拽紫壶，香茗溢，袅烟出。
展豪瑶瑟惬鸿儒，唱老曲，赋新竹。
陶然步韵吟平仄，词填阙，意难抒。
举杯共饮笑尘途，细品味，更知足。

罗俊仪原玉 [燕归梁] 忆茶事

难忘身边常备壶，功夫少，“泡功夫”。
几番围坐尽鸿儒，泛雪沫，“煮蟹珠”。
京城素位连三载，邀知己，“傍诗书”。
热茶冷盏已知足，最忌讳，“想当初”。

减字木兰花

和罗俊仪 又是一年

金风吐雾，盛世昌荣萦万户。
伟业空前，指点江山追梦圆。
几经缱绻，陌上神州春意暖。
正朔良宵，祈愿中华步步高。

罗俊仪原玉 [减字木兰花] 又是一年

腾蛇乘雾，盘点盈余泽万户。
策马扬鞭，骏业开轩史无前。
千呼万唤，改革方能同冷暖。
祈福平安，万象函归竞陶然。

沁园春

恭贺新春

爆竹天烧，万丈烟花，五彩缤纷。
看昌荣华夏，举国同贺，
神州共庆，辞旧迎新。
正朔初元，高朋满座，笑靥欢歌醉如今。
长相忆，真情遥寄月，缱绻追寻。
迅疾氤氲年光，无可奈，匆匆又一春。
鸟瞰红尘路，酸甜苦辣，
浮生似水，梦寐无垠。
素念萦怀，香飘玉案，淡墨浓情赋笔云。
愿康健，再品千百度，岁岁逢君。

一剪梅

守望经年

几度隔屏心亦潸。
烛影摇红，细语缠绵。
重逢再醉太艰难，词荡幽空，诗跃江川。
情系余晖云水间。
辗转乾坤，流韵心轩。
借来一梦寄相思，恬静时光，守望经年。

一剪梅

涌绪流殇

一夜花残剩几芳。
寒露青霄，弱柳衰杨。
薄云摇月挂西窗，碎影轻移，静谧秋光。
并蒂红莲坠冷塘。
触景忧思，心墨轻狂。
悄然寄语赋辞章，抒意廖怀，涌绪流殇。

卜算子

憩园残照

憩园夕照残，唯把花魂赋。
冷雨寒霜一夜来，秋水千江入。
今日意低垂，狂草人生路。
洗去铅华叹枉然，缱绻黄昏处。

念奴娇

彻　悟

举杯独饮，倚窗看，宇际炊烟一撇。
暮落星疏，山渐远，深感夕阳未惬。
满目残衰，黄昏淡伫，顿觉心无悦。
欢愉何易，总留怀古铭刻。
思绪驰骋依然，心潮随浪远，痴情难舍。
辗转流年，回首处，莫道沧桑趄趔。
暑往寒来，徘徊几载路，不眠长夜。
久经磨砺，而今皆悟通彻。

虞美人

蕴媚流芳

黄秋染陌急归燕，缱绻鸭雏转。

荷莲滴泪水波旋，烟絮飘零聚散不相干。

残红孤冢皆无奈，独在千山外。

心中蕴媚自流芳，有梦慨然沉醉笑声长。

渔家傲

红尘阡陌无仙骨

秋光潜入烟柳处，寒风辗转凝霜露。

一朵梅红墙底入，娇颜顾，艳得主人围栏护。

柔弱迷离何以度，几多愁绪怜芳馥。

枯萎沧桑何时住，焉知否？红尘陌上无仙骨。

水龙吟

情牵神往

摩云绾转风舒卷，皓月当空明亮。

千澜碧翠，万流涟漪，逐波嘻浪。

丹桂飘香，梧桐竞雅，湖莲绽放。

簇簇霓虹闪，炊烟轻袅，余晖落，潮汐涨。

锁尽江山瀚壤。

憩园行，涓溪柔淌。

轩竹纤影，青廊紫阙，低吟浅唱。

自得怡然，玟心盈目，意驰魂荡。

偎依闻曲调，寻音追梦，情牵神往。

山亭柳

谁解其云

风吻芳芬，蝶舞恋花魂。
池染碧，映冰轮。
燕侣爱巢依偎，鲤鱼莲下独尊。
缱绻心窗徊荡，静谧乾坤。
奈何思绪悄来顾，悠然悦尽醉销魂。
星撩意，影牵人。
万缕柔情碎幕，几多旧忆盈春。
望月廖怀浅笑，谁解其云。

添声杨柳枝

寄云天

一盏香茗袅袅烟，月怡然。
满庭飘逸落花轩，夜光斓。
阡陌回眸盈几载，似浮莲。
怀思别念展诗笺，寄云天。

蝶恋花

慨叹痴心女

婉韵飞花春舞曲。
紫燕衔泥，柳静绦如雨。
海上轻舟已远去，风柔水暖千山绿。
几度无端飘思绪。
浅笑回眸，慨叹痴心女。
满载诗情迎暮旅，文笺墨迹倾心语。

忆王孙

无端烦闷弄弦音。
曲调低沉不逸神。
几度弹拨乱惊人。
望冰轮，更锁眉头冷入魂。

忆王孙

挥毫泼墨韵如霞，

网络空间锦似花。

抛却烦愁赋词发，

卷帘纱，柳月银辉系万家。

虞美人

往日难留

秋风扫过花红少，一梦春光了。

郁结寒水入心歔，未倦野菊寻觅已无余。

日斜弄影竹篁瘦，唯有西霞厚。

烟霏云敛任飘游，过往盛衰自古总难留。

鹊桥仙

七七相会

天阶夜色，牵牛织女，相会星空河汉。
七七拥伴又逢时，难别离、依依缱绻。
折叠眷恋，真情拆解，遥望青霄长叹。
柔情深处泪含思，聚又散、年年期盼。

鹊桥仙

天上人间

七夕鹊跃，银河泪满，织女牛郎相见。
倾心诉愿喜悲融，几多痛、谁人不叹。
柔情似水，古今如此，愁怨苍穹邈翰。
人间天上两情牵，太残忍、何时永伴。

浪淘沙

开启心门

橘韵婉佳人，翠染清纯。
馨香一缕掠心魂。
撩我情思逐意沉，凝望冰轮。
岁月不饶人，逝水无痕。
于无声处抖精神。
转目超然舒雅意，开启心门。

千钟醉

穿行岁月

一钟醉，竹林滴雨空达睿，柳径飘风曳紫梅。
嗅香掠影，寻风觅趣，有谁能知味。
二钟醉，轻吟词魄兹深邃，慢咏诗魂忆浅回。
飞扬思绪，飘然入醉，有谁能知味。
三钟醉，琴音心韵笔染萃，梦绕魂牵绽墨菲。
浮云幻影，寒霄覆月，有谁能知味。

四钟醉，积忧善感绸缪芸，聚少离多缱绻随。
赤诚相付，孤之廖度，有谁能知味。
五钟醉，他乡几载常无寐，落叶归根总有回。
霜风雪雨，酸甜苦辣，有谁能知味。
六钟醉，天涯咫尺兰心蕙，海角千言寄语飞。
春花秋落，纵情驰骋，有谁能知味。
七钟醉，痴怀岁月身无累，慨叹征途意不催。
时光荏苒，红尘难耐，有谁能知味。
八钟醉，一孑孤影韶华退，两处分飞挚意追。
清醇独醉，香梅自赏，有谁能知味。
九钟醉，兴衰更替人心惫，冬去春来燕子归。
潸然泪泣，神魂静谧，有谁能知味。
十钟醉，桃源邂逅群芳袂，网络常牵梦又回。
吟诗作画，舞筝弄瑟，有谁能知味。
百钟醉，真情一世堪珍贵，执子相携且翠微。
盈盈笑语，念念心海，有谁能知味。
千钟醉，蓦然回首斜阳坠，情有独钟暮雨催。
穿行岁月，幽思百转，有谁能知味。

蝶恋花

闲情雅兴

游弋烟云遮月半。
灯影阑珊，一曲箜篌远。
梅落桃红香满院。
雨敲竹色春来唤。
方丈柔涟推菡萏。
小径幽深，几缕风拂面。
满腹离愁谁解劝。
飞思狂草人生撰。

一剪梅

慨叹晨昏

梦笔常牵忆芳痕，高顾遐视，笑看红尘。
经年往事入烟云，独自凝神。
明目清风启心门，一缕柔情，织满年轮。
时光荏苒戏人生，慨叹晨昏。

春光好

人生如梦

风缱绻，雨缠绵，月无缘。
夜静悠怀拙笔钝，意阑珊。
可叹人生如梦，匆匆已到耆年。
皓首苍颜心未老，亦悠闲。

天香

数流年

碧水云天，夕阳朗照，迤逦霞辉悬雾。
淡淡轻飏，风薰紫陌，静水湖莲萦露。
弄弦兴叹，观海浪，几多怀故。
柔指舒桐翠柳，深眸小舟归渡。
超然乐观迟暮。
数流年，彼岸何处。
人在天涯咏叹，醉词浅赋。
忧怨缠绵欲诉。
蕴心志，常吟往时路。
键笔临屏，疯狂难驻。

减字木兰花

对酒当歌

夕阳入涟，浸染海天成一线。

姹紫嫣红，盈满心头绽笑容。

疏桐俪影，琴瑟抒怀堪醉醒。

邀月同酌，对酒当歌更快活。

减字木兰花

思绪翩翩

朝云暮雨，转眼之间春老去。

落叶黄秋，玉月蟾光更惹愁。

平凡庶览，往事如烟心已倦。

蕴意斑驳，思绪翩翩对影酌。

西江月

晚暮逍遥

天际烟波浩渺，眼前碧浪浮萍。
迎风晓月曲中行。
晚暮逍遥幽静。
带走万千思绪，携来一份闲情。
舒心慢咏柳绦影。
快意轻吟竹雨箐。

踏莎行

重阳叹

几度重阳，青灯烛影，徘徊寻觅三枝艳。
舒桐瘦岭枕寒流，清风眷顾南飞雁。
冷榭凄廊，寒鸦素潋，残花败叶飘零散。
轻言自语久凭栏，浑然多忆重阳叹。

忆秦娥

重阳夜

秋萧瑟，风云眷顾重阳夜。

重阳夜，幽光清榭，枯枝摇趄。

流年岁月红尘喈，几多诗兴无圆月。

无圆月，心绪已跌，弦音填阙。

卜算子

秋水黄昏

秋水流殇情，冷艳衰千万。

挚意追夕往事寻，一去不复返。

喜迎黄昏来，笑与斜阳伴。

挥墨抒情陶然醉，键笔涂云幻。

海棠春

欲把春来复

悲凉一夜秋风顾，倚窗看、芳菲衰缛。
冷月戏凋残，凄婉花丛处。
慨然回首儿时路，太珍贵、匆匆落暮。
纵览万重山，欲把春来复。

更漏子

叹　秋

风拂桥，绕芭蕉，枯萼擎花欲凋。
云舒卷，日高圜，千红万紫残。
莺啼唤，雁飞远，一抹闲情搁浅。
山未断，水照流，尘年又一秋。

渔家傲

无须等

桃蕊凝香紫气逢，春秋日月自然更。
云里朦胧游月瞢。
窗前坐，晚风摇碧吹颜冷。
幽径怡人翠裹藤，浮萍蠕荡映苍空。
万紫千红芳草蓊。
无须等，世间四季轮回骋。

浣溪沙

古难全

半月幽光照海山，
晚风拂面满庭寒，
一帘苍幕落窗前。
玉案清殇摇碎影，
轻烟缭绕曳花残，
圆缺衰败古难全。

酒泉子

兴词赋

雾锁江都，烟裹红楼虚矗。
夜帘垂，稀雨住，廖星疏。
吉日乔迁馨户。
友重逢，醇香入，兴词赋。

玉楼春

春光绵意

云烟袅袅斜阳落，
明澈水溪桥下过。
蛙鸣鸟语燕回巢，
靓阙幽亭空寥廓。
春光绵意真舒畅，
小径绿茵遮面烁。
飞歌远寄上心头，
清影柔思无意卧。

如梦令

春 光

雅曲馨风兼顾，

小径蜿蜒深处。

柳下赏婵娟，

今夜春光择户。

停步，凝露，

只待芬芳满目。

点绛唇

温馨满户

望月廖怀，墨香缕缕填词赋。

赏心悦目，随手柔弦触。

妙曲悠然，竹影清风入。

良宵度，温馨满户。

陶冶心程路。

采桑子

春归梦圆

繁灯远近琳琅璨，甲午春还。
瑞雪飞旋，烛醴烟花扮靓天。
眉开眼笑心姝满，乘興抚弦。
意醉情绵，往事千端枕梦圆。

念奴娇

元　夕

元夕风月，正当空，缛彩虹霓一片。
焰火金花千树璨，楼阙箫馨歌婉。
夜色婵娟，高台仙舞，珠翠罗绮艳。
几滴淅沥，送来春露满园。
三五俏丽佳人，裙裾雅致，逆流点堤岸。
静谧撩怀心海涌，小憩呢喃兴叹。
水映冰轮，茶烟袅袅，云载粼光绚。
良宵美景，万家团聚觞转。

蝶恋花

花开花谢

野赏山菊风啸啸，浅水寒鸭，惨惨凄凄绕。
日下青台幽袅袅，高杨落叶枯枝翘。
迤逦枫林红叶照，壮气凌云，飞雪纷纷到。
满树离愁情未了，花开花谢知多少。

千秋岁

秋　雨

秋黄叶倦，苦雨凄风转。
夜已静，街灯璨。
痴人痴梦断，遥看山峰远。
菊花颤，云烟缭绕难消散。
惆怅千江满，心绪彷徨返。
长相忆，寻伊叹。
柔情昔醉断，倥偬缠思染。
憔容照，一孑姝影纤纤伴。

踏莎行

又见重阳

又见重阳，秋光冉冉，满池荷莲香魂断。
袅烟银月悯凄凉，清光玉色悲天晚。
衰柳残红，蓝桥孤嵌，几何染绪凝霄叹。
庭园缱绻甚忧殇，咽歌悲曲随风转。

浣溪沙

乔　迁

旭日蓝空翠柏幽，
暖风拂面载天流，
水光散绮映红楼。
几度乔迁无疲惫，
温庭雅室曲飘柔，
再入佳境乐无休。

踏莎行

秋 愁

山默风微，海沧山断，朦胧雾色吹不散。
清宵梦醒子时愁，枯杨败柳哀声叹。
半月遮颜，稀星幽暗，春秋冬夏来回转。
人间自古生死轮，乾坤依旧黑白换。

更漏子

月无缘

雪狂飞，风凛冽，碧野华荣凋谢。
冬夜漫，月无缘，此情随景寒。
红颜老，不堪看，春意欣然未断。
空寂寥，陌枯黄，难免流感伤。

卜算子

春风化雨

一缕故乡情，越海腾云拓。
万籁无声暖画屏，飞雪如酥落。
回想少年行，岁月悄然过。
世事沧桑化雨烟，唯有情思绰。

卜算子

触景生情

窗外雨滴疏，风把梧桐奚落，
触景生情尽贪杯，唯有词填阙。
心绪随云飞，思念追风去，
梦断天涯看江雪，期待团圆月。

长相思

绘彩雕

（制图偶作）

风无聊，雪无聊，偏与梅花竞妖娆。徒劳几度翛。
千思飘，万思飘，唤起毫端绘彩雕。情随彩练烧。

长相思

走一遭

风抚桥，雪抚桥，轻点梅枝秀窈窕。凝香骨气高。
梦难消，意难消，默咏梅诗走一遭。怅然烦闷抛。

长相思

梦中游

梦飘游，云飘游，玉影花魁绕紫楼。时光不停留。

山尽头，水尽头，野老风寒烟雨稠。醒来又一秋。

西江月

廖祭苍魂

傍晚翠莲浮影，子时花落凝汤。

玲珑姿色卧彷徨，秀蕊低垂未放。

此景愕然飞绪，人生醉醒何妨。

一孑虚幻雾茫茫，寥祭苍魂游荡。

点绛唇

感恩人旅

碎影斑驳，残诗断阙抒心语。

感恩人旅，又一曦光旭。

多彩尘途，无奈韶华去。

憔颜女，眷顾阳春曲，醉赏兰亭序。

海棠春

缅忆童真

人生一瞬耆颜注，向天问、青春何处。

梦里醉平生，几许芳华度。

怅识花谢香如故，追往事、悄然落幕。

借羽乘风归，缅忆童真路。

念奴娇

思绪驰骋

娟娟玉月，海天蓝，山寂风微波涌。
袅袅长烟，霄上引，云影当空凝重。
绝艳霓裳，高秋远目，碧浪推舴艋。
超然兴叹，流年经岁一梦。
飘落天地冰魂，低吟浅唱，回荡幽长冗。
莫是人间多表象，美妙红尘何等。
天命难知，无缘逝水，浪里行舟冷。
倚栏遥望，任由思绪驰骋。

菩萨蛮

美酒醉良宵

花开花谢春秋转，日出月落黑白换。
往事似云烟，人生一瞬间。
沧桑相佑助，百年同船渡。
美酒醉良宵，万般皆可抛。

长相思

空伤悲

梦轻游，泪清流，对镜憔容霜满头。悲切心染愁。
岁难留，意难求，夜绽昙花一瞬休。伤泣人倚楼。

南歌子

初春夜

冷入初春夜，凝宵映月星。
一松峰上见飘零，浪打孤舟摇动晃凄清。
遍地枯荣景，楼前败柳冥。
飞蛾何处觅精灵，唯有多情苦海伴云行。

渔家傲

深情厚谊

冬去春来黑昼替，
耕耘岁月沧桑忆。
暮落斜阳霜几许。
衰颜戏，重逢未忘童年趣。
苦短人生虽未济，
好学薄力求真意。
天赐逢缘别莫逆。
学友遇，深情厚谊当珍记。

渔家傲

长相忆

日月轮回新岁替，
蓦然回首云烟去。
未有大志无壮气。
随缘赐，人生淡泊多愉意。
荏苒时空千古续，
友情难忘无猜忌。
浊酒一杯情万里。
长相忆，冰心一片融天地。

卜算子

情依旧

愁绪乱飘游，夜影遮清瘦。
醉笔疏词自落殇，潸泪湿红袖。
人生如泛舟，惬在风涛后。
多少诗怀写春秋，可见情依旧。

鹧鸪天

纪晓岚

（电视剧《铁齿铜牙纪晓岚》观后偶作）

铁齿铜牙纪晓岚，一身正气立人前。
虚怀若谷凌云志，四库全书永世传。
天造化，压群雄，垂名青史醒尘凡。
心悬明镜多谋略，气煞贪官笑坦然。

捣练子

醉心弦

极目眺，亮星悬，

皓月留人不舍眠。

诗意有情言不尽，

舞翩歌婉醉心弦。

捣练子

桥下涌，岸边风，

欲落夕阳伴彩虹。

多忆韶华逐月影，

几回怀梦几回同。

格律诗

七律

神州枕梦

鄰光脉脉璨金弦，
皓月盈盈嵌紫环。
四海飘香同佐酒，
五洲枕梦共婵娟。
中华奋起图兴旺，
盛世难寻莫走偏。
九籁飞音席卷地，
江山锦簇映红天。

七绝

中秋月朗

雾浸中秋落紫烟，
馨风醉意柳蹁跹。
波柔水皱逐银汉，
月朗云萦照海天。

七律

乐华年

摇琴望月览秋山，
蔓架藤萝挂紫帘。
遍野枫红关不住，
满园葱郁渐衰颜。
人生有梦难舒意，
宿命无缘不得禅。
岁月沧桑何叹苦，
情怀依旧乐华年。

七绝

千载难逢

千载难逢艳阳天，
馨风紫雨太平年。
神州焕彩终成韵，
盛世昌荣待梦圆。

七绝

心 筝

行云流水忆陈年，
难解心筝几调弦。
梦里轻弹寻雅处，
穿腔乱绪且流连。

七绝

乡 思

梅指花筝难舍缘，
红弦紫柚袅音传。
挥情动意苍冥绕，
缕缕乡思月影缠。

七绝

筝 音

曼妙筝音越海山，
悠然思念望月圆。
飞烟散去难追忆，
落影流连在眼前。

七绝

醉笔萧疏

乱絮飞花伴雨沉，
清觞一梦醉三分。
凝眉往事常回顾，
醉笔萧疏籁卷神。

七绝

情如故

了目苍凉怨宇高，
悲思午夜火煎烧。
依窗冻骨情如故，
慨叹前尘有几翛。

七绝

夜雨秋思

一宵霜降竟无防，
冷雨秋风更觉凉。
落绪忧情悲艳尽，
随心洒墨遽千行。

七绝

空悲切

莫道伤心何处来，
铺笺伏案写独白。
词穷墨尽空悲切，
只待春回笑染腮。

七绝

禅　音

游云散雾落深山，
绝壁清帘沐紫烟。
半片残阳斜照晚，
禅音美妙入心田。

七绝

日月重阳

日月重阳雁过时，
嫣红翠减恍然知。
差来慧眼观云汉，
借得经年驻暮迟。

七绝

不舍离

玉露金风绕霭篱，
高云淡雾浸潮汐。
菊花入酒争先醉，
挚友重逢不舍离。

七绝

飞梦寻诗

梦载激情欲放诗，
搜肠刮肚腹空痴。
腾云驾雾回唐代，
未见圣仙李杜知。

七绝

梦还童

梦里题诗对玉容，
娉婷倒影又还童。
醒来醉眼观星月，
回首韶光已尽穷。

七绝

晓雨闻风

秋霜一笔绘枫红，
玉露冰花恋紫琼。
晓雨闻风诗上口，
牵思叠绪墨通融。

七言诗

闲题六韵

金星坐晚有缘从，玉镜槃霄憩远空。
稀草未央疏绿色，繁花衰败少嫣红。
虚怀翠柏承天兴，得运幽篁引地隆。
借雨凝神诗佐酒，挥风醒目笔从容。
耆颜步冷书心事，廖鬓迎寒写意浓。
百感情怀闲对月，一帘魂梦邈无穷。

七绝

挚目潸

玉指红笺写意燃，
轻敲几字入心寒。
娇容几许憔纱裹，
默语轻喃挚目潸。

七绝

静夜幽窗

一寸柔肠伴月轮，
轻波小浪载乾坤。
凝香素蕊招人意，
静夜幽窗扰梦魂。

七绝

昔年旧事

斜阳映碧彩虹流，
半月高悬倩影游。
撩我柔情千万绪，
昔年旧事梦中求。

七绝

赞诗友

空间墨彩醉余人，
笔下峥嵘赋锦文。
信手拈来织成韵，
书香载意绽诗魂。

七绝

撩趣飞思

叶系花柔翠藕知，
风和柳静月圆时。
依窗远眺拨心曲，
撩趣飞思系梦池。

七言诗

一帘幽梦

眷念缠绵墨里融，
情思漫卷契言同。
阑珊雅兴舒心曲，
称意相宜拂影重。
稀里糊涂今世度，
一帘幽梦几时终。
持怀扣指敲成韵，
满目夕阳已落红。

七绝

索梦游

柳月稀星夜静秋，
浮云幻影照青楼。
金星入座瞻今古，
客在他乡索梦游。

五律

桃花赋

人在天涯处，
魂游四海湖。
诗随清影动，
韵入九霄图。
舞曼桃花俏，
歌翾柳絮舒。
相思心亦远，
酒醉了空无。

七言诗

难绘丹青

香醇未饮人先醉，

静卧修辞梦又归。

雪雨霜风空落寂，

酸甜苦辣总相随。

幽思缱绻终无悔，

旧事沧桑意不摧。

难绘丹青抒雅韵，

诗情慢咏伴春回。

七绝

醉婉暝

写意不羁笔染情，

绵思乱绪韵含冰。

抒怀慢道吟平仄，

略暖心隅醉婉暝。

七绝

幻影游魂

幻影花间转落魂，

扶摇衰上踏风尘。

长天寥廓空悬镜，

瀚海苍茫载月轮。

七绝

挽风翛

痴心找乐月相邀，

仪地欣天境界高。

舒卷浅情随意动，

幽思绵绪挽风翛。

七绝

信天游

靓月金星照紫楼，

屏前书就信天游。

寻词觅韵非达愿，

淡写轻描亦想求。

七绝

箫　音

夜雨秋风曳柳枝，
箫音缱绻起寒思。
凝眸远眺牵心事，
紧锁眉头入梦痴。

七绝

难入韵

潮汐皎月可相知，
柳意风情影碧池。
洒墨抒怀难入韵，
轻敲几字不成诗。

七绝

化　蝶

抚琴一曲沁萧寒，
婉韵悲情恸地天。
万古千年情不了，
化蝶永久在人间。

五绝

化蝶飞（二首）

一

岁岁化蝶飞，
年年执手回。
双双情切切，
对对笑无悲。

二

化蝶千古翾，
陌上舞翩跹。
恋曲惊寰宇，
真情满世传。

七绝

偷窥

梅花寥寂越墙头，
路有行人欲采留。
众目睽睽羞采窃，
斜眸偷窥也相求。

七绝

日照黄菊色比金

日照黄菊色比金，
阑珊草木有谁瞵。
嫣红姹紫失春色，
唯有芳魂洒寸心。

七言诗

多寻乐

素面朝天料理家，
相夫教子不言夸。
曾经砥砺堪深重，
岁月沧桑塑女侠。
仪态嫣容均已远，
柔姿倩影再无华。
人生暮晚多寻乐，
快乐开心你我他。

七绝

老调重弹

落日余晖几度红，
流年逝水去无踪。
欢声笑语迎新到，
老调重弹品淡浓。

七律

画年轮

暮日黄山夜雨闻，
任凭风卷落花魂。
红尘荏苒皆为客，
世事无常却可循。
笑对人生翻旧梦，
放飞思绪画年轮。
匆匆岁月长流水，
一季芳菲又是春。

七言诗

月上仙

玉镜高悬挂九天，
粼丝漫洒透虚烟。
姮娥本是凡中客，
妙药成全月上仙。
一览清霄独廖寞，
纵观尘世自暄妍。
离愁无寄孤栖影，
独享世人共婵娟。

七律

听　琴

流觞小饮侧听琴，
一曲轻弹醉到今。
缱绻情怀痴噫断，
缠绵梦境亦如心。
悠然乱绪飘千里，
快意真情抵万金。
键笔敲诗寻雅韵，
空翻日历待春临。

七律

叹萧条

粉黛琼枝不比蒿，
红妆翠绿被天抛。
寒风曳柳霜欺剪，
冷露沾花雪虐摇。
昨夜香飘花满树，
今朝玉陨叶萧条。
深随并蒂丢魂梦，
更有新云伴暮朝。

七绝

茗 香

烟火盈盈照雅堂，
流光冉冉悦心房。
狂欢正朔溜今岁，
细品茗香更久长。

七律

昙花一现

清宵一梦醉心魂，
浅淡昙花郁满盆。
粉黛嫣容拼卉影，
琼姿翠色绽芳莘。
红颜薄命非凡物，
玉陨香消远世尘。
几度徘徊寻稚蕊，
三更缱绻月悲人。

七绝

昙花一现（二首）

一

昙花一现见芳魂，
误入寒魃少自缜。
欲诉流年酬世宇，
琼英早逝枉来尘。

二

琼息翠散枉相思，
一现昙花并不知。
最忆韶光怜命浅，
无端去意何必痴。

七律

笑讽嘲

得意黄菊自弄娇，

嫣红百媚已残凋。

寒心落拓悲春晚，

世态炎凉笑讽嘲。

夜雨惊魂掀浪起，

朝花独恨被天抛。

堪怜病树如秋鹤，

犹叹新符换旧桃。

七绝

平安夜

吉兆雪花陌上敲，
普天圣诞不眠宵。
空灵缱绻平安夜，
祈佑苍生步步高。

七绝

寒夜悲怀

冷月残星亦染殇，
秋山落叶在彷徨。
徐娘半老悲凄影，
旭日匆匆落柏桑。

七绝

练太极

刚柔并进若虚无，
动静同修天地出。
海阔山峦行气脉，
大千舒展太极图。

五绝

小　酌

日月杯中映，
乾坤酒里融。
醒时知深浅，
醉后踏虚空。

七绝

得意忘形

完美求全志自高，

孤飞一梦上云霄。

横空醉舞穿星月，

得意忘形竟闪腰。

七绝

耕　牛

沧海孤舟自浪求，

铿锵热血做耕牛。

丹心一片无言悔，

梦里依然乐苦愁。

七律

尘封往事笑明天

遥思望月踏秋山，
蔓架藤萝挂朽帘。
败景衰图餐冷露，
凄廊雅阙饮风寒。
人生有梦难如意，
宿命无缘不得全。
历尽沧桑何叹苦，
尘封往事笑明天。

七绝

人生无奈

一路徐行总向前，
人生无奈亦承担。
当年总有桃园梦，
今日说来变笑谈。

七律

勿虚行

人生苦短勿虚行，
雨露霜风亦笑迎。
夜凛寒流吟月靓，
朝迎暖旭颂天明。
追风逐影回原本，
挽翠拥红醉晚晴。
洒墨挥毫酌韵致，
飞书落笔绘心屏。

七绝

笑傲江湖

光阴似箭总无情，
笑傲江湖任我行。
淡看得失谈成败，
恬观功过论输赢。

七绝

逢秋怀古

人生走过六十秋，
一笑风尘半世休。
暮色斜阳残照晚，
空怀古岸梦中游。

七律

感慨人生

愁思乱絮系云飘，
对影依窗向月遥。
紫阙苍凉空寂寥，
蟾宫静谧染寒宵。
幽怀亘古皆无色，
浅赋如今且满陶。
半世生涯多感慨，
经年碎梦已残凋。

七律

悲音虚影

四季浮生落帙中，
难寻暖意伴残红。
娇莲蕙草惊衰艳，
弱柳疏杨怯朽容。
淡色昏亭独雅处，
悲音虚影对幽空。
秋风不解迁归雁，
冷月何怜梦迥同。

七绝

暂闭残秋

暂闭残秋笔欲封，
闲情逸致任西东。
寒来暑往多寻味，
百态相约看始终。

七绝

风尘悟透

锦瑟萧疏一夜间，
香凝冷遇万花残。
风尘悟透心犹静，
子夜闻风亦坦然。

七绝

随　笔

春来冬去自芳尘，
叶落花开不待人。
漾荡浮萍随浪迹，
蜂蝶鼓翼觅无门。

七律

翠影成殇

兰花雅室指轻弹，
袅袅茶香淡淡天。
浅唱玄冥抚妙曲，
低音灵动弄柔弦。
嫣红姹紫随风落，
翠影成殇被雪残。
几度徘徊心意冷，
人生缱绻步艰难。

七绝

人生苦短

人生苦短去无归，
落暮拂尘喜憩回。
一路悲欢非怠惰，
千伤百感寸光堆。

七绝

人间百态

人间百态叹虚空，
谁与韶华共骋雄。
坐看星空凉似水，
几多忧郁在其中。

七绝

春霖甘露

冷雨初晴笑靥归，
春霖甘露润心扉。
奈何世事常相违，
彼岸徘徊又转回。

七言诗

错成仙

霄天皎月映荷潭，
亘古传说谱妙玄。
玉兔嫦娥难解语，
蟾光夜洒窥凡间。
炎黄鼎盛人兴旺，
冷阙寒宫自了然。
羡煞红尘空枉叹，
当初何必错成仙。

七律

阳春心曲

阳春白雪染花桐，
素夜闲云映宇穹。
烟柳舒篱添锦色，
萧莘菡萏洒嫣红。
松风竹雨撩心曲，
荻絮梅霜绕眼瞑。
细嗅芳华封满路，
琼浆再品更香浓。

随 笔

春天的眷恋

正月元夕，寒馀春动，灯火明天。

梦载温情，合家团聚，汤圆暖意，焰火婵娟。

彩花的琼姿，翾音的优雅，笑语的欣然。

温润了萌芽初醒，惊扰了夜影阑珊。

柔软了静谧心田，牵动了情思缱绻。

链接紫风逐水的唯美，雕琢陌上春回的浪漫。

轩窗凝雾，剔透的凌花，银丝萦绕，清雅如兰。

相依着银叶霜殷，挚守着玉羽微斓。

霓光松影，山幽水皱，几度箫音缭绕嫣然。

东君久违今朝至，唤得今宵皓月圆。

携来思念满怀，带走幽梦一帘，氤氲魅力新天。

跳跃的思绪，游弋的心船，搁浅在静静的港湾。

遥望多情的月色，醉满了那份春思的懵懂缠绵。

一抹柔光，一缕清风，一份眷恋，

春之风韵，春之馨香，春之温婉，

牵着祝福，带着问候，流入心泉，飘越海山。

用七彩的心韵，婉约春的烂漫，

礼赞爱的珍贵，描摹情的悠远。

迎接山川翠黛，相约今生不变的情缘。

续写三千爱恋，编织生命永恒的经典。

感谢春天赋予生命的精彩！

感谢春天相遇的你！

桃花醉

桃红柳绿，娇柔凝露；

绰约仙姿，超凡脱俗；

玉蕊绒妆，孤标淡伫；

廊前楼下，翠萼盈湖；

芳菲傍水，涟漪花姝；

蕴意其间，过隙风顾；

小径通幽，清馨若素；

月影斑驳，摇香曳舞；

扣心觅意，妙景如图。

桃花总是绽放在百艳之前，

怒放的桃花随着春风暖色娇姿着意，

嫣然闲雅，缤纷旖旎。

置身桃园，端然的恬静，

淡淡的幽香，芬芳的气韵，

沁人魂脾，心悦神怡，

流连忘返，如痴如醉。

宛如少女丰腴翩翩，

洋溢着迷人的色彩，

挥洒着青春的浪漫。

桃花满园，争奇斗艳，

彩蝶徘徊，群蜂翾舞。

情不自禁缱绻桃园，

徜徉在桃林之中，

任花香沁染于心，

任花环缭绕于怀，

余味无穷，令人心醉。

正是“桃花流水窅然去，别有天地非人间”。

八月抒怀

八月，抒一腔热血情怀，
不能释放那一份唯美痴迷，
挽一路雅逸芬芳，
不能抒发那一份刻骨铭心；
八月，凝神谧念的追忆，
写满浩渺如烟的人生旅途
心魂航行的轨迹。

——题记

八月，
伴着高山流水，
和着鸟语花香，
来到人间的第一声啼哭，
奏响了生命赞歌蜿蜒徜徉的序曲，
拉开了红尘木子七彩人生的序幕。

八月，

怀着儿时的清纯，

带着流淌的欢笑，

挽着花样的年华，

踏着一路的幸福，

初入学堂，

行走于诱人的神奇世界，

游弋于迷人的百色芳园。

八月，

轻启一帘追梦的优雅，

笑扣一扇理想的心门，

手捧热情，怀揣渴望，

心灯点亮，顺径前行。

走进林中校园，

一阵阵夏之馨香，

一抹抹夏之风韵，

一款款夏之华彩，
一缕缕夏之暖意，
无比的神魂飘逸，
无比的灵秀新奇。
八月，
带着对亲人的牵挂，
紧锁隐形翅膀，挺进旷野荒原，
耕耘广阔天地，开垦沃土桑田。

八月，
一场晶莹剔透的微雨，
挽一缕厦爽的劲风，
携一抹凉爽的清泉，
捧一珠清爽的甘露，
换一片朗爽的昕天。
荡扫尘埃，洗涤着灵魂，婉约着幸福，
浸润心魂，深邃着情感，唯美着生命，

八月，

迎着煦日和风，踏着欢乐凯旋，

步入钢铁年代，锻造意志强顽，

奉献青春无悔，承载厚重艰难，

续写人生绚丽，精彩羁旅斑斓。

八月，

告别原点，扬帆起航，

人生之舟，飘向远方，

遨游沧海，别离故乡，

填补空白，追逐梦想。

步入大学校园，

装点而立之年，

从此越走越远，

直至海角天边。

八月，

清风穿越浩瀚的海洋，

细雨奏响团圆的乐章，

山泉涌动烂漫的希望，

歌声唱响夏意的悠扬，
问候温暖你我的心房，
祝福溢满美妙的吉祥。
一阵雷鸣，送来清凉，
一束鲜花，散发馨香，
一份执着，梦潸奕扬，
一片真诚，烙印胸膛。
老三届，圆一份久别的眷恋；
重相聚，道一声心灵的呼唤；
再握手，诉一段深情的期盼；
畅友谊，倾一腔冥想的思念；
绽一笑，让醉人心魂的温馨无限！
歌一曲，让灿烂小城的欢声不断！
故乡鼎沸，温馨璀璨，
嗅香追梦，絮语缠绵，
师生重逢，感人泪潸，
静谧憩园，沉醉其间，
盛情似火，一路欢颜，

潇潇洒洒，亲密无间，
友情尽致，夕阳共伴。
八月，
难忘的岁月，
每一次驻足，
都有荆棘丛生，
也有风光绚烂；
每一次经历，
既是一种苦痛的历练，
也是一种幸福的咏叹！
回味无穷，悱恻蔓延，
心魂浸染，迤逦心间。
谱一曲悠扬的美乐，
唱一首飘飞的恋歌，
吟一韵浪漫的诗句，
借一笔洒脱的理哲。
挽随一阵清风，采摘一片绿意，
编织一个梦想，精致一段岁月。

人生之路崎岖蜿蜒，
只有饱尝酸甜苦辣，
才能绽放五彩缤纷。
笑傲人生，开拓前行，
临风伫立，感慨心程。
八月，
难忘的岁月，难忘的情怀，
难忘的幸福，难忘的期待。
携手真诚相约，
顿觉温馨婉丽，
拥抱友情相遇，
倍感快乐旖旎。
八月，
永恒的记忆！
八月，
记忆永恒！

红叶盈秋

红叶盈秋，层林尽染，
醉貌如霜，装点山川，
激情似火，溢彩流丹，
情调高洁，仪态斑斓，
香魂诗魄，妙景瑰艳。
红叶盈秋，
不与春夏群芳争艳，
只在黄秋渲染人间，
正是“只言春色能娇物，不道秋霜更媚人”。
红叶盈秋，
让我不羁的思绪掠过星空浩海，
易感的情怀犹然写意升腾，
挥墨如醇，一醉方休。

——题记

嫣红当枫的季节，天蓝云淡风轻，
登高望远，目之所及，
到处是一片片如花似锦的枫林红叶，
如仙女英英妙舞，似天使飘飞彩翼，
婉如火焰，灿若红霞，
纤纤绢秀，娇艳芳华。
馥郁芬芳，闭月羞花。
秋殇独放，逸丽奇葩。
让这一季的霜红浸染秋黄世界，
也让不羁的思绪越飘越远……
红叶封秋，暗香宜人，
天姿瑰丽，雅韵凝神，
傲然潇洒，冷静深沉，
娇柔惊艳，仪态纯真，
美得超凡脱俗，美得精彩绝伦。
红色是中国的国色，

是极具吸引力和感染力的色彩，

散发着热烈，象征着奔放，

蕴藏着喜气，承载着吉祥，

释放着激情，坚守着信仰，

挥洒着活泼，涵盖着顽强，

渗透着饱满，簇拥着芬芳。

红叶是唯美的标志，

它滋润了唐诗宋词的醇厚，

它迤逦了古今鸿篇巨作的婉约耽美，

它点燃了多少文人浪漫情感的火花，

它成就了多少诗人风神超绝的意韵。

红色孕育了生命，温暖了情怀；

红色照亮了航程，传递了希望；

红色滋养了心灵，氤氲了人生。

红叶的到来，

旖旎了一季的秋色，

燃烧了素洁的山野，
陶醉了灰黄的天地，
唯美了秋末的浪漫。
红叶代表着顽强的生命力，
红叶是历经风雨锻造的颜色，
是生命结束之前的壮美绝别。
我爱红叶，
嫣然妩媚，姗姗欲滴，
摄魂掠魄，绚烂无极。
我爱红叶，
欣赏它撩人情思的色彩，
倾慕它从容淡定的气质，
惊羡它冷艳高洁的典雅，
钦敬它超然傲世的坦然。
“山远天高烟水寒，相思枫叶丹”。

幸福时光

遨游浩瀚如烟的网络，
浏览各色迥异的空间，
聆听委婉轻翾的音乐，
神怡风尘旷世的精彩，
陶醉飞扬挥洒的文字，
结识性情各异的友朋，
纵观色彩斑斓的画面，
尽览炫目动人的留言，
感受温馨暖人的问候，
欣赏优雅醉人的诗篇，
品味深悟醒人的哲理，
敬仰独特超人的才思，
分享幽默可人的情调，
经常让人流连忘返！
让人惬意！让人沉思！
让人感动！让人神往！
让人释怀！让人难忘！
更喜于挚友闲聊，

思潮涌动，情动辞发，
惬意不羁，絮语潺湲，
犹如沐浴在春天的阳光里，
一边且歌且舞，
一边亦娱亦乐，
顿觉快意升腾，
幸福满溢。
所有的烦恼烟消云散！
所有的细胞跳跃灵动！
一次次感悟生命美好的绚烂！
一次次享受友谊斑斓的魅力！
一次次净化游弋渴望的心灵！
一次次刷新凝聚已久的记忆！
幸福快乐的日子原来如此精彩！
经月流年，时光荏苒，
人生如梦，转眼百年，
风雨兼程，彻悟生命，
七彩尘途，旖旎心境。
珍惜吧！
从风霜雪雨中走来的“老三届”朋友！
切莫错过上天赐予我们的幸福时光！

自由王国

暮雨急催，
风尘荏苒，
人生之舟，
漂泊不定，
一路远航，
身心疲惫，
渴求归岸，
避风港湾。
聊以自慰的是不经意间，
驶入网海，
自由王国，
心亦感动，
情亦飞扬，
绚烂旖旎，
流连忘返。
犹如笼中郁鸟，

重飞自然，

宛如温馨的华彩，

亢奋徜徉。

醉心于欣喜快意之狂，

漫游于恣情游弋之欢，

品味图文并茂之作，

欣赏行云流水之篇。

七彩斑斓的空间，

让我长醉于快乐峰峦之巅，

流连于友间情谊之惬，

沉浸于网络彼岸思念之甜，

挥洒于文字雕琢之快。

网络是我眷偎的温馨之所在，

友是我灵魂之伴侣，

心灵之依恋，

或许这就是我醉心于屏前的唯一理由和执着！

或许这就是网络常在常新的魅力！

或许这就是虚拟空间生命不息的魔力！

旋思飞绪

海风吹岸，冬雨敲堤。
天涯漂泊，任凭浪迹。
倾尽悠怀，乡情难避。
一帘幽梦，无须销匿。
楼南亭北，阡陌萦辉。
岁月无垠，春风有意。
浮生羁旅，已成覆水。
老却童心，旋思飞绪。

等　待

天边的白鸥，盘旋寻觅，
我真想飞上蓝空，靠近她的美翼，
看清她是悲是喜。
秋晨的凉意，
令人更加思绪不羁。
在这清静的海滩境地，
突如其来的一阵疾风，吹走了白鸥的踪迹，
也吹散了我所有的心旷神怡。
我情愿放弃万籁旖旎，
只要今朝和风昕日，
让美丽的白鸥再次遨游天际，
自由自在地飞起。
期望何等痴迷，
等待竟然如此难及，
沧海无穷尽，白鸥天际来。
秋风吹不散，等待满情怀。

晚 歌

斜阳照在海滩上，
晚霞逗留天边，
这绚烂的七彩余晖，
让人心魂陶醉。
我倚轩独坐，
没有束缚，
自由自在地思索，
这般惬意，
何等珍贵！
一阵晚风，
带着生命的活力，
让我在这暮色萦绕中深情地呼吸；
一抹霞光，
张开温柔的手臂，

把我拥入温暖的怀抱，
让我感受生活的美好；
一朵浪花，
浇灌我意怡心舒的欢悦，
让我心动的拍节与之脉脉含情。
哦，夕阳，霞光，晚风，浪花，
温暖，馨香，欢畅！
生命如此灿烂旖旎，
我忽然感觉幸福并非高居青云，
竟然就在这无意寻觅的暮色婉约之中。

触目伤怀

荒凉的沙漠，找不到一抹清流，
冷冽的冰川，寻不到一丝温柔；
欲碎的心灵，觅不到一剂良方，
多情的指尖，弹不出一笔诗行。

独坐愁城，默言沉叹，
烦闷升腾，氤氲憔颜，
筝音一曲，袅绕苍峦，
月洒寒光，心无所望。

残月，苍空，
幽窗，寥落，
素颜，清影。

静倚阑珊一隅，
任思绪在迷茫的天边徘徊，
描摹一帧风烛残年的悲悯。

凝聚成眉宇间挥之不去的忧郁和泪串，
滴在隐隐作痛的音符之中。
倦心怠意，触目伤怀，
轻喃呓语，无法自抑。
一纸墨笺扣心而泣，
飘飞的旧忆，
流淌着一地的苦涩，
如烟似梦的过往凄凄洒洒，
拼凑着零落的心境，
在冷然彷徨中惆怅，
在抑郁游弋中沉沦。
多少个春夏秋冬辗转，
多少次日出月落轮回，
青春溜走，韶华悄逝，
悲梦忧心，凝殇浅唱。
若叹，若痴，

若悲，若痛。

留下斑驳碎影，铭刻恬淡葱茏，

追忆往时缱绻，激荡乱意忡忡。

痴情的等待，如飘零的败叶，

再也回不到从前；

真诚的渴望，在夜浑的朦胧中，

消失得无影无踪。

一种别样的惨淡，随着风儿越飘越远，

越远越飘……

疾风残月起硝烟，

柳曳枝摇巢欲颠。

只恨黄沙多作恶，

琴弦揉断碎心寒。

九九重阳

风吻千川，云霭天间，
碧水清涟，红叶朱廊，
泥金万点，秋桂飘香，
芥草含烟，谷硕金黄，
梅花入酒，追梦飞觞，
人在客乡，几度重阳。
轻启一帘暮色的优雅，
醉扣一方心魂的启迪；
馨嗅一抹淡淡的幽香，
采撷一叶枫红的欣喜；
承载一份浪漫的情调，
描摹一笺倾心的惬意。
凝睇着自然的瑰丽，
诠释着人生的哲理，
流淌着醉神的情思，
感悟着生命的迥异。
袅袅于心的那份甘甜，
缱绻于魂的那份眷恋，
婉约思绪的那份悠然，
曼妙盈怀的那份雅典，

几多回味，几多粲然。
一首天籁之音高山流水，
和着阵阵微风回旋缭绕，
悠扬清澈，灵透缠绵，
迷人醉心，怡神凝魄。
轻敲键盘拨动诗韵词弦，
独醉一方醉心萦魂的嫣然；
久违的心田如春淋甘露，
绽放一帘五彩相间的斑斓。
贪婪着这个如烟似梦的风尘阡陌，
让无边的思绪缥缈蔓延。
三山五岳枫红婉，
泉水秋篁小径连。
菊韵琴音花满冠，
斜阳暮色彩云天。
美尽心扉暖暖，
甜尽心轩满满。
逸韵清秋婉，枫红浸诗魂，
紫袂惊鸿舞，酴醾溢香醇。
国庆重阳到，双贺更精神。
悠然坐屏前，几多思绪入心间。
与友同舒畅，尽享秋光灿。

往事如烟

一泓澈碧清流，一帧夜海孤航；

一轩冰壶月影，一幕寥落天荒；

一盏清茶淡意，一杯浊酒愁肠；

一笺墨韵牵情，一帘碎梦忧伤。

流年瑰丽斑驳无数，

昔日难寻清风月朗，

生命在前行中顿悟，

岁月在流逝中弥香。

蓦然回首，往事如烟，

走过的路，记忆的痕，

究竟几分甜美几悲情？

氤氲在细胞里的甘苦，

蜷缩在岁月中的愁欢，

无情的时光引发深思慨叹，

优雅的音律激扬自动心弦，

易感的情怀留下殇影阑珊，

孑孓的思绪缱绻海迹天边。

几多惆怅，几许深沉，

几分冷漠，几度忧伤。

夏染江山惹意飞，

幽篁靓月泪伤垂。

蹙眉愤笔敲心碎，

旧梦经年去不归。

六十抒怀

时光荏苒，春秋六十；

靠岸归心，夙愿萦系；

七彩年华，痛快淋漓；

友聚欢颜，飘飞思绪；

潇洒浪漫，自信无疑；

纯情似水，真诚善意；

绚丽唯美，醉神盈诗；

缠绵悱恻，情动痴迷；

悲感凄愁，彷徨寻觅；

心魂浸染，各色迥异；

漫游穹海，思潮涌起；

乡情难忘，绪语泪滴；

凝墨抒怀，写意不羁！

情怀依旧

一缕香风抹去岁月浮尘，
一盏心灯照亮精彩人生，
一个思念送去祝福永远，
一段往事留住惬意升腾，
一首小诗抒发情怀依旧，
一帧素图涵盖挚谊真诚，
一次邂逅铭刻心灵撞碰，
一路相携胜过海誓山盟。

幸福满满

夕阳入涟，

染透海湾堤岸，

姹紫嫣然，

盈满心头五彩斑斓。

在这暮色辉映的海边，

我迎风伫立银滩，

聆听远方袅袅笛旋，

静候缓缓而来的渔舟唱晚，

向往游弋心程的淡定安然。

追忆岁月流年。

时光荏苒，

万象变迁，

转眼落红颜。

曾经的梦想多端，

让光阴追逐的邈若虚幻，

旧日的灵气与超前，

在现实的挤压中，

早已乏味平淡。

庶观平凡，

往事阑珊，

思绪翩翩，

情亦缱绻，

酣畅夜无眠。

倚窗晓风寒，

听落叶飘然，

望蟾宫如盘。

典藏心灵清澈温婉，

氤氲情怀明净粲然。
静候季节交替轮换，
尽赏枫红秋雨缠绵。
步韵枯笔陈笺，
牵动相思漪涟。
邀月共餐，
温馨暖暖；
约影同醉，
心魂搁浅；
蕴藏意念，
豁达乐观；
对酒当歌，
幸福满满。

友谊

亲情

填词

满庭芳

正朔良宵

正朔良宵，冰城映玉，彩街璀璨空前。
地苏天朗，吉兆瑞丰年。
银汉云烟袅袅，星花缀，瀑雨斑斓。
风摇影，轻飏飞雪，辉映弄珠帘。
一杯琼脂尽，合家欢聚，不解情缘。
恰逢时，畅饮酩醉心泉。
好个快活春晚，收心底，再忆今天。
难抒意，舞筝柔瑟，步韵尽开颜。

卜算子

乡音心语

墨入诗酒茶，情锁云星月。
空影初秋天籁暝，一曲乡音阕。
思绪伴烟消，心语随风略。
纵使他乡春常在，更喜千山雪。

千钟醉

恭贺新年

一钟醉，迎新辞旧涂鸦萃，故里重逢共举杯，
欢愉极致，温馨寥廓，此情君知味。
二钟醉，檐廊雅室群豪沸，喜气盈怀众友归，
金樽频转，琼浆满溢，此情君知味。
三钟醉，苍颜皓首轻狂退，往事童心次第回，
菊花入酒，盈盈笑语，此情君知味。
四钟醉，葳蕤岁月东流水，苦乐年华暮雨催，
云烟收尽，风尘踏遍，此情君知味。
五钟醉，人生至此须臾岁，一抹余霞绽翠微，
年轮细数，红香几载，此情君知味。
六钟醉，耕耘半世常无寐，历尽沧桑不染悲，
轻吟浅唱，缠绵悱恻，此情君知味。
七钟醉，天涯咫尺难相会，厚意深情梦里追，
遥途南北，子期何处，此情君知味。

八钟醉，蹉跎羁旅终无愧，未尽夕阳半壁辉，

扶栏剪影，倚阁闻瑟，此情君知味。

九钟醉，轻歌飘荡云潸泪，曼舞翩跹月影随，

江湖辗转，世俗冷酷，此情君知味。

十钟醉，屏前入座芬芳兑，行走空间笑靥飞，

同欢共伴，聆听心语，此情君知味。

百钟醉，自在逍遥堪称贵，快乐无疆不枉为，

绵绵情愫，深深感悟，此情君知味。

千钟醉，耄年圆梦知音会，弄月吟风执手归，

高山流水，干卿底事，此情君知味。

玉蝴蝶

清　明

清明潸泪思亲，悲痛欲穿心。

难忘父女情，昨宵忆到今。

常随幽梦入，望月眺苍旻。

借羽乘风临，扶摇洒寸心。

浪淘沙

守候母亲（三首）

一

慈母病中眠，守候床前。
残星冷月泪涓涓。
心碎啼声敲键颤，祈盼平安。
欲把孝倾全，驱走寒烟。
慈眉善目刻心帘。

二

思绪念从前，旧影阑珊。
温情一脉动情弦。
飞绪心潮如浪涌，泪雨涟涟。
一世为人全，慈善身传。
大恩厚爱记心间。

三

满目草花残，泪洒如泉。
翻飞往事映愁帘。
怀抱游离情意暖，修得福缘。
祈愿向苍天，赐岁平安。
桃花绽放再欢颜。

水调歌头

天之骄子（赞吾弟）

文雅堪才俊，睿智众人褒。
孜孜不倦，英年华夏任腾骁。
毓秀钟灵稳健，真理追求不悔，伟业尽妖娆。
桃李满天下，境界自然高。
勤耕耘，知无尽，越洋飘。
功成名遂，承载大任不狂飙。
淡泊行藏虚幻，羁旅闲庭信步，圆梦守情操。
心静诚如水，慨赞胜天骄。

浣溪沙

知　音

自古知音最难寻，
有缘千里亦相闻。
时光荏苒渐情深。
莫逆于心经岁月，
红尘默守伴冬春，
夙兴牵念盼琼斟。

踏莎行

中秋家园

靓月高悬，金星璀璨，中秋千里传思念。
同窗学友聚家园，天涯海角天天盼。
网络相持，空间共勉，隔屏对饮盈心愿。
他时再会醉群贤，真情挚意今生伴。

虞美人

和罗俊仪 牵挂

天涯海角心相伴，山水隔不断。
中秋千里共婵娟，聚散悲欢好梦总难圆。
何曾醉醒他乡望，回响歌嘹亮。
常随余愿念知音，往日君容萍靥[1]忆如今。

罗俊仪原玉［虞美人］牵挂

走南闯北君行早，牵挂知多少？
仲秋赏月步蟾宫，聚散悲欢尽在月明中。
恭卿当下离乡客，常伴高堂乐。
余当宁移皓首心，但愿高松仙鹤护绿荫。

①“君容萍靥”指罗俊仪王萍夫妇。

蝶恋花

清梅儒雅

（赠张秀梅）

网络屏前常作伴。
素静清芳，瑰丽聘婷婉。
翠羽斑驳氤氲染，空灵明透轻盈璨。
含一抹春之笑靥，甜尽心轩，静守真情暖。
亮友心中灯一盏，清梅儒雅[①]人人赞。

柳梢青

回敬梁本生

细琢友墨，醉其文采，惊鸿佳作。
雅致高洁，芳菲倾尽，情怀寥廓。
馨香溢满空间，偶相遇，挚谊网络。
曼妙尘途，良师益友，欣然矍铄。

① “清梅儒雅”系张秀梅QQ昵称。

满庭芳

贺魏杰李铁山同庚诞日

海角天涯，千衢而至，婉约吉庆盈堂。
同庚同贺，妙语满庭芳。
喜见双辉日月，福星照，鸿运呈祥。
花环簇，钟灵毓秀，欢靥笑飞扬。
生辰逢盛世，苍松不老，快乐无疆。
共举杯，美酒祝寿倾觞。
唱晓经年一韵，难相见，借酒疯狂。
情无限，空前盛典，乘醉舞霓裳。

江城子

和刘国香 聚散匆匆

往时千里会荧屏。
笑同行，乐无穷。
万象浮华皆逊色，留此梦，再相迎。
姑苏心系友牵情。
喜相逢，悦婉庭。
匆匆离别，洒泪步难行。
望断天涯人两处，何日聚，盼重逢。

刘国香原玉 [江城子] 聚散匆匆

屏前好友会苏城。
校园情，故乡朋。
对酒当歌，笑语诉今生。
冷暖春秋霜粱鬓，惜暮色，挽馨风。
自驾千里聚匆匆。
酒酣中，意犹浓。
握手言别，怎舍两相逢。
岁月无痕东逝水，多保重，祝康宁。

鹧鸪天

友难留

（为好友高秀荣饯行而作）

高飞雁字已远游，
人生如梦写春秋。
芳菲一季悄然过，
花残几度为谁忧。
言无尽，友难留，
送别无奈锁眉头。
携来一韵舒心曲，
孑影怡情释离愁。

菩萨蛮

离　别

（与故乡好友离别而作）

故乡执手圆馨梦，酩酊不舍情谊重。
荏苒几时休，相思何处求。
天涯难与共，顿觉凄凉痛。
惆怅绕心魂，徘徊向月寻。

水调歌头

重阳赋

皓彩幕云赏，几度见重阳。
晴天几点稀雨，高日照吉祥。
醉跨三山五岳，飞乘金风鹂翼，仙籁在徜徉。
斗室比宫阙，网络任翱翔。
友情念，心靠近，乐无疆。
人生苦短，来去潇洒意悠长。
回首韶华岁月，喟叹空余浅漾，冷涩照迷障。
难禁忧思断，成梦载春芳。

清平乐

归乡忆

夜深人静，追梦归乡忆。
摇曳香风飘满地，垂暮余晖天际。
人生聚散寻常，难得一醉重阳。
杯影同邀明月，开心快乐吉祥。

菩萨蛮

真情唤

春发秋落长相伴，水流山转真情唤。
往事记犹新，今朝念故人。
焉知迟幕到，尽赏夕阳笑。
把酒弄悠扬，隔屏醉倾觞。

踏莎行

贺母寿

鹤发飘然，容颜依旧，九十二岁回童幼。
清福尽享乐天伦，合家同饮团圆酒。
春意缠绵，冬兰翘首，轻歌曼舞恒笛奏。
儿孙轮转拜萱堂，举杯祈祷南山寿。

菩萨蛮

赞诗友

红笺翰墨才出众，诗词赋笔随心动。
佳作盈屏婉，奇葩个个鲜。
青睐书香气，惊叹文思溢。
神韵入秋毫，慨然赞诗滔。

长相思

琴瑟相约

琴音传，瑟音传，琴瑟相约共续缘。撩人梦一帘。
梦也牵，醒也牵，千里相思心里甜。何时能凯旋。

长相思

共伴今生

爱也真，想也真，共伴同心几度春。相惜醉脾魂。

念也真，盼也真，往事千思笑语云。知音梦里寻。

长相思

情意绵绵

枫叶寒，柳叶寒，一曲离歌别亦难。相思抚醉弦。

月缠绵，影缠绵，乱绪飘飞成自然。墨香绕指间。

长相思

送瑞祥

天苍茫，海苍茫，月影琴音愁更长。情思对影徨。

盼回乡，梦回乡，几笔相思涌泪行。凄风更染殇。

长相思

梦不及

云影移，月影迷，时隐时出总若离。思随涌浪汐。

友相知，醉相依，岁岁年年梦不及。矜持清泪滴。

长相思

福寿迎

月朦胧，夜朦胧，几点梅枝与影同。一星了目穷。

地灵灵，天灵灵，愿友吉祥福寿迎。夕阳伴彩虹。

长相思

晚　情

日也明，月也明，日月同辉伴我行。微风醉晚情。

喜相迎，笑相迎，携手同心绘彩屏。舞翩歌不停。

长相思

学友情

风也停，雨也停，皓月升空宙宇宁。海天格外明。

少年行，暮年行，学友银屏相互迎。久违欢聚情。

念奴娇

贺琳锋迎雪新婚盛典

和风熙日，紫气临门宴，金缘佳眷。

并蒂花开情缱绻，比目相随相伴。

佳偶天成，双辉珠玉，福慧今生占。

终归秦晋，凤鸾合璧堪赞。

遥祝迎雪琳锋，青春永驻，执手红尘伴。

比翼双飞同建业，白首盟心如愿。

长辈欢颜，于归爱女，择婿倾心婉。

氏族团聚，举杯同贺圆满。

捣练子

凯　旋

（贺令剑六十寿）

吉日照，瑞云鬟，
满座高朋庆凯旋。
诗意词情言无尽，
举杯祈祷寿南山。

满庭芳

赞金芳

璞业无暇，娉婷娇态，真才宝气超凡。
谦和淡伫，不畏雨烟寒。
大志缁尘不染，阑珊处，遣兴徐攀。
迎风浪，怵惊髦俊，何况是红颜。
任凭多变幻，遨游宦海，风范依然。
求稳健，效前贤，赞声传。
一蹴今朝圆满，览宏业，迤逦斑斓。
同欣喜，高层擢用，众友笑空前。

卜算子

传思念

逝水送真情，靓月传思念。
邈翰苍穹撩意浓，总把团圆盼。
屏前喜相约，网络空间伴。
飞越千山难阻隔，友谊冲霄汉。

卜算子

春风化雨

一缕故乡情，飘越千山壑。
万籁无声暖画屏，飞雪如酥落。
回想少年行，岁月悄然过。
世事沧桑化雨烟，尽赏春江月。

忆秦娥

龙江水

龙江水，温情养育耆颜岁。
耆颜岁，经年往事，已成回味。
笑曾得意凝香醉，韶华难觅乡音翠。
乡音翠，重归故里，夜深无寐。

江南春

恨别析

寻觅觅，冷凄凄。
他乡连故里，
悲楚恨别析。
思潮涌浪心涟漪，
痴绪徘徊情不羁。

格律诗

七律

醉乡音

紫案操觚腹底萦，红笺落绪醉乡音。
蟾光遍染清波漾，云影虚漂绿野冥。
梦里飞歌杯未冷，醒来妙意酒还浓。
相逢几度匆匆过，桑梓牵魂念友情。

七律

桑榆未晚

人生几度盼相逢，修却情缘挚手行。
若许嫣红都落尽，何堪碧翠又来更。
银屏默守明心路，美酒流觞任意腾。
饮尽冰壶同廖醉，桑榆未晚共余生。

七言诗

赠儿男

母亲一世未知闲，
遍品艰辛忘枕眠。
早起晚归劳弱骨，
言传身教育儿难。
耕耘有获根苗壮，
立业成家自得圆。
稳健平心行正道，
光明磊落立人前。

七绝

庆端阳

淡雾烟桐谧雨篁，
环湖曲水漪沨长。
高朋聚处添诗兴，
美酒玙觞卧草床。

五绝

望月怀思

你我千山外，
屏前各东西。
观澜恨海远，
望月怨楼低。

七律

思念儿男

轻风载月洒秋寒，
浅雾薄云绕海山。
一缕相思连母子，
三番牵念寄儿男。
真情最爱堪天性，
野马脱缰且自然。
我辈人生多坎坷，
儿孙快乐慰心泉。

七绝

策马追风

（制作海边赛马图而作）

碧海蓝天掠眼神，
扬鞭策马扫波痕。
欢声笑语长相伴，
踏浪追风撵日轮。

七绝

贺遐龄

元夕意外喜相逢，
再聚屏前叙友情。
笑语不羁浮旧梦，
诗情画意贺遐龄。

七绝

退隐江湖醉晚晴（四首）

（为令剑退休而作）

一

退隐江湖醉晚晴，悠然落拓一身轻。
平心漫步云天下，步曲吟歌任尔行。

二

退隐江湖醉晚晴，春秋冬夏伴朝明。
亲山乐水行天下，挚友相约载酒行。

三

退隐江湖醉晚晴，夕阳美景悦心程。
亲朋老友常相聚，自在逍遥伴彩虹。

四

退隐江湖醉晚晴，馨风紫雨伴君行。
高山流水追觅处，醉魄销魂沐眼瞳。

七绝

感恩教师节

中秋捧月忆曾经，母校同窗读写听。
难忘恩师育桃李，八方学子赞园丁。

七律

涂鸦入画

淡雾封亭柳阙明，高楼远眺倍思亲。
金风慢奏飘春曲，玉露疏弹醉婉情。
舞墨挥笺舒雅兴，涂鸦入画更怡人。
茶烟约影堪倾诉，海角天涯共月轮。

七绝

步韵和王凤春 无题（二首）

一

宦海遨游志不荒，
人生无奈走他乡。
缠绵悱恻追星月，
再把相思寄远方。

二

岁月流年远故荒，
春风①又要走他乡。
敲诗对韵无多絮，
旧旅新程一路芳。

王凤春原玉 无题

岁月渐深恋故荒，
奈何又要走他乡。
只因一个圆缺月，
多把相思寄远方。

①“春风晓月”系王凤春QQ昵称。

七律

赠桂华方波

青梅竹马两无猜，
比翼双飞载誉来。
擎天立地真君子，
风光采尽满情怀。
经年坎坷皆无奈，
岁月卓异笑染腮。
桂丽方圆谁可比。
英伦冠玉伴金钗。

七绝

书香飘逸

空间墨迹醉余人，
笔下峥嵘赋锦文。
信手拈来织雅韵，
书香飘逸绽诗魂。

七绝

思　念

碧海幽空任纵横，
几多缱绻一帘呈。
银光冷瑟迎寒暑，
梦里相思与尔逢。

七绝

风花雪景为君织

一抹相思赋小诗，
风花雪景为君织。
柔情寄语传思念，
纵越时空已入痴。

七绝

上善若水

（有感北京亚太经合组织领导人峰会而作）

上善若水任方圆，
同舟并济共婵娟。
五湖四海皆兄弟，
安泰祥和春满园。

七言诗

赋晚晴

赏月闻歌自醉神，
花前月下乐牵人。
两三知己常邀伴，
几度高谈论古今。
往事尘封依柳岸，
斜晖怒放染枫林。
溪泉入墨秉心笔，
一抹相思赋晚晴。

七律

挚若邻

高山流水遇知音，
海角天涯挚若邻。
暮色迎途吟素雨，
寒烟缱绻赋芳芬。
举杯遥寄常牵挂，
对酒飘思总念人。
岁月相依留好梦，
兴然眷顾慰心魂。

七绝

梦里寻

苦短人生画年轮，
屏前相伴醉心魂。
轻敲键笔传思念，
再酿菊花敬友人。

七绝

逢诗友

群贤雅兴赋吟弹，
痛饮挥毫醉此缘，
无价有值墨染尽，
言传笔诉亦贪婪。

七绝

醉春还

（为学友制图而作）

网络空间自有缘，
温馨畅叙暖心间。
真情妙意添诗画，
笑语欢声越海山。

七绝

画中情

望月廖怀画友情，
红笺淡墨写心屏。
魂牵梦绕酬知己，
拾取光阴任我行。

七绝

除　夕

焰火天图饱眼神，
桃符瑞雪兆家门。
屠苏酹饮迎新岁，
此刻尤为念故人。

七绝

诗酒抒怀

一季流年紫气迎，
真诚暖意欲穿屏。
遥及千里传心语，
诗酒抒怀别样情。

七律

相思叠绪

小径闲行绕紫藤，
中天寂月照迷津。
浮云几朵涂苍幕，
烟水一潭染地屏。
柳静花眠呈好梦，
归心醉意挽香风。
悠然悦尽思芳处，
掠过千山会友朋。

七律

往事如烟

云舒云卷戏苍天，
花落花开为哪般。
旷野殷虹沾玉露，
庭湖碧绿载清莲。
闲愁乱绪收心底，
弱笔残诗入紫笺。
往事如烟难断意，
东君落暮月出山。

七言诗

故乡行

人生几度喜相逢，
学友纷纷桑梓行。
两鬓飞霜音未改，
三杯浅醉乐天明。
师尊赐教皆潸泪，
桃李聆听又复萌。
卸载离愁难赋笔，
黄昏共伴走余程。

七绝

画鱼畅饮

画鱼且饮亦悠悠，
把酒相持各不休。
聚散须臾留好梦，
何妨一醉付千秋。

七绝

漫步好友空间

隔屏未见已先知，
漫步空间欲放诗。
惬意羁怀敲键笔，
真情挚伴赖相持。

七绝

情同手足

始作同窗似手足，

耆颜斑鬓亦如初。

人生风雨匆匆过，

难得冰心在玉壶。

七绝

惜　缘

六十已过入耆年，

岁月人生不枉然。

知己相携一路伴，

凤毛麟角更惜缘。

五言诗

共伴夕阳

三江同奏曲，
五岳共欢呼。
游子牵梦至，
同窗绘彩图。
谁云春日远，
我见百花姝。
共把夕阳伴，
同干酒一壶。

五绝

银屏快乐多

赏阅诗书画，
银屏快乐多。
纵然千里外，
犹似在同桌。

七绝

学友同舟（二首）

一

学友同行共一舟，夕阳邂逅醉仙楼。
斑驳旧影追馨梦，多彩人生乐不休。

二

晚伴斜阳一扁舟，群仙飘逸海中游。
枫桥日下黄昏处，又见春晖载梦稠。

七律

岁月人生

六十寒暑指弹间，岁月人生浸雨烟。
旧事沧桑皆入梦，昔年坎坷总难全。
举杯邀月千番醉，信手抚琴万绪缠。
一曲相思心渐远，情怀抒尽已潸然。

七言诗

同学会偶作

始作同窗正少年，
风云一瞬鬓如斑。
狂歌痛饮思源本，
醉步轻挪舞曼颠。
对酒酩酊追往事，
他时再会忆今天。
求得挚友终无悔，
修却同窗莫羡仙。

七绝

一往情深

莫道浮云蔽日天，
但随意境找悠闲。
诚言挚语酬学友，
一往情深舞正翩。

七律

喜逢春

（建立“家园”群偶作）

网络家园喜若春，
天天乐伴意常温。
和谐共度留馨梦，
美好时光锁笑痕。
荏苒春秋心未老，
更迭岁月记犹存。
聪明儿女能独立，
吾辈逍遥快乐人。

七绝

晚　晴

幽居品墨伴诗魂，
网络家园更逸神。
老少屏前玩浪漫，
桑榆未晚醉闲人。

七绝

盼重逢

网络常牵意在浓，
今生挚伴乐融融。
遥思千里心相系，
离绪抒怀盼大同。

七绝

除　夕

叩响晨钟旧岁除，
烟花瑞雪浸屠苏。
乡情一缕传思念，
玉液冰心在玉壶。

七绝

元　夕

火树银花不夜宵，
如酥瀑雨绘天骄。
千思百感随春老，
一缕乡情任梦飘。

七律

踏雪怀思

几缕情怀踏雪闲，
三分痴意捧柔团。
云沉野岭涛拍岸，
水浸苍山浪打天。
圣诞华灯萦雅阙，
新年缛彩耀华船。
轻吟浅唱诗飘远，
又染相思盼子还。

七绝

清明祭父

清明悼祭泪如泉，
心碎情牵已自然。
跪拜坟前魂欲断，
阴阳两界再无缘。

七绝

欲孝无缘

清明再念父女情，
欲孝无缘来世迎。
洒泪遥思难忘却，
铺笺写意祭英灵。

七绝

梦中回

金风紫雨送春归，

雏燕低飞水上追。

渺渺琴音牵万绪，

依依情愫梦中回。

七绝

执手红尘

执手红尘千载缘，

夫妻濡沫共婵娟。

真情一世同甘苦，

乐度夕阳五彩天。

七绝

笑开颜

岁月人生举步艰，
沧桑历尽盼团圆。
痴情无悔非猜惰，
小聚重逢笑开颜。

七绝

追乡忆

涟漪波光破雾开，
芙蕖柳叶劲风裁。
诗情惯赋追乡忆，
满目桃红沁囿怀。

七言诗

回乡偶书

陌上春芳正暖时，
归心似箭欲飞驰。
天涯海角归桑梓，
地北江南觅故知。
半盏清茶敬校友，
三杯美酒拜尊师。
耆年载意回童幼，
煮酒欢颜醉舞池。

七律

贺令剑六十寿

人生坦荡好逍遥，
荏苒云烟退涨潮。
百舸争流遒劲渡，
孤帆淡荡斩狂涛。
纵观苦旅豪情在，
且览沉浮志气高。
乐水亲山皆有影，
安康寿远百年超。

七绝

赠令剑

正气高节立险峰，
凌霜傲雪志恢弘。
参明宦海千秋事，
悟透红尘一场空。

七律

赠杭庆生

人生一梦入耆年，
辗转春秋步坦然。
几度耕耘擎硕果，
三番陌上品凉炎。
雄才大志真君子，
致远宁心好梦圆。
浅唱低吟堪悟透，
诙谐冶兴自如仙。

七绝

悼念恩师孟淑芬（二首）

一

霹雳惊魂泪雨倾，浑然天地悼英灵。
师恩刻骨无缘报，弟子衷情寄月星。

二

慨忆当年初拜尊，宗师伟业育学人。
乘风驾鹤西归去，桃李芳芬洒满春。

七言诗

悼念好友关文霞

（赠好友赵铁森）

惊魂噩耗泪湿颜，玉殒香消痛不堪。
小妹中折惜梦断，追思往事忆童欢。
曾经父辈同为友，巧幸成邻再续缘。
出嫁铁森结伉俪，孑然西去不归还。
同窗挚友多珍重，共佑文霞走坦然。

七绝

送友行

（为好友王凤军去澳大利亚饯行偶作）

旭日熙风送友行，

友行不见忆真情。

真情别绪追梦断，

梦断心空万籁凝。

七绝

良师益友

（赠刘志秋老师）

非凡睿智胜当年，

邂逅银屏妙语谈。

内敛谦和人气旺，

良师益友润心甜。

七绝

贺学友网络喜逢徐瑞卿老师

欢言贺语满群堂，
网海逢师再起航。
桃李莘莘追稚梦，
温馨缕缕沁心房。

七绝

赠徐瑞卿老师

师尊洒墨祭英灵，
挚爱分离太悲情。
觅意追思君已去，
来生挚伴再相迎。

七律

寄病中好友王凤军

闻知好友卧疾床，苦雨凄风太虐狂。
半世尘途多敛友，一朝历难众添霜。
苍天有眼除魔患，往日重回载酒香。
雪压青松无所畏，春风再续满庭芳。

七律

常青树[1]

（赠汪绍勋）

冰魂雪魄傲苍穹，
妆点乾坤翠夏冬。
静雅高洁堪君子，
超尘不染万年松。

①“常青树”系汪绍勋 QQ 昵称。

七律

为张祥北京乐水行获奖而作

两鬓霜斑水作魂，江河踏遍献衷心。
燕京跋涉清泉咏，环保莹牵绿地吟。
汗洒征途追烈日，乘风载雨赛流云。
金丝大奖当无愧，学友同歌共享分。

七律

赠金芳力伟

伟业高飏百姓褒，芳华绝色胜天娇。
钟灵毓秀真堪湛，宦海行藏志不挠。
内敛谦和成正果，红尘悟透赚逍遥。
同心执手随时进，腹底清莲百岁超。

七言诗

贺郭春林生辰（二首）

（虪苨過祛[①]生日快乐）

一

虪得盛世贺生辰，苨却蹉跎且感魂。
過往春秋成岁影，祛除忧患不留痕。
生逢暖夏盈花放，日久天长醉芳芬。
快慰欣然添寿远，乐达佳境更怡神。

二

酒醉千杯敬友人，香飘四溢贺生辰。
吉星高照心如愿，快乐温馨喜满门。
昨日昆仑寻碧草，今朝锦岸馥春林。
安然气爽多康健，潇洒悠哉更逸神。

① "虪苨過祛"系好友郭春林QQ昵称。

七律

赠王兴斓

英年孑影踏初征，
沃野飞骁任尔腾。
稳健韬光开眼界，
行藏淡伫事无争。
才华横溢多磨砺，
儒雅泠然两袖风。
独具情怀别有韵，
千秋阅尽品人生。

七绝

同欢共醉[1]

（赠刘国香）

空间处处溢醇香，
美酒招来众满觞。
我欲乘风达府邸，
同欢共醉品琼浆。

---

① 喜闻刘国香苏州酿酒有感而作。

七绝

春色满园

（回敬李宝林制作春色满园图而作）

碧郁嫣红紫气来，满园春色竞花开。

怡神冶性真陶醉，雅作奇思妙笔裁。

七绝

步韵和梁本生 远渡风

秋翁踏雪[1]饮千盅，浅唱轻吟醉紫琼。

步韵和诗舒雅兴，一腔温润沁香风。

梁本生原玉 远渡风

美酒琼浆碧玉盅，丽人羞月闭花红。

才思敏锐伶牙齿，女子钟情远渡风。

---

①“秋翁踏雪”系梁本生QQ昵称。

七绝

美中游

（赠梁本生）

雅韵枫笺诗画柔，
舒眸旷智美中游。
迷香婉曲闻不倦，
墨客依然键笔稠。

七律

清　风[1]

（赠李铁山）

清风淡伫自飞腾，
顺世随缘任纵横。
壮志虚怀成伟业，
红尘看客步轻松。
钟灵毓秀多豪气，
畅快逍遥重友朋。
退隐江湖心不老，
莲生腹底笑余生。

---

①“清风”系李铁山QQ昵称。

七绝

笑煞人

（赠蒲树柱）

繁花落尽[1]妙诗闻，
绝句箴言笑煞人。
经典诙谐别有韵，
天才宝气世难寻。

七绝

德艺双馨

（赠于伯露）

嫣然嬝娜裹罗裙，
笑靥如花满目春。
德艺双馨铺锦路，
施仁乐善更怡人。

① “繁花落尽”系蒲树柱QQ昵称。

七绝

岭上杜鹃

（赠张秀梅）

人间四月赏芳华，
岭上杜鹃[1]胜小丫。
儒雅清梅花仙子，
千红万紫不如她。

七绝

重　逢

（与魏杰重逢而作）

儿时共受一师传，
往日如约在眼前。
蕴意同心常入画，
重逢执手笑开颜。

---

①“岭上杜鹃”系张秀梅QQ昵称。

七言诗

赠郭春林

雅致情怀品自高，
洒脱风度惹人褒。
卓异睿智才出众，
底蕴非凡技艺超。
不懈追求真本色，
怡然乐道不招摇。
修得挚友终无悔，
幸做同窗胜李桃。

七律

贺令坤秀坤六十寿辰

阖家几度喜相逢，
龙凤呈祥六十春。
揽却情缘凭好运，
携来佳梦自天成。
千风苦雨终无悔，
百寿洪福任纵横。
饮尽冰壶同贺岁，
双坤执手伴终生。

七言诗

儿子成婚

爱子成婚梦已圆，
儿媳丽质比天仙。
前生约定终如愿，
执手同心共百年。
但愿新人添玉锦，
来春贵子降福安。
吉祥好运家兴旺，
美满健康福禄全。

七绝

初　元

火树银花旧岁无，
如酥细雨送元初。
思潮梦断千山雪，
一缕乡情短信呼。

七绝

龙去心空[1]

龙去心空洒泪悲，
十年执守意相随。
幽灯暗水寻不见，
放下尘缘去不归。

七律

同欢共醉

（故乡同窗好友欢聚偶作）

水幕年华一瞬凋，
重回故地友相邀。
莲花共赏星和酒，
野陌同欢月佐肴。
岁染霜斑音未改，
相逢雅性醉今宵。
人生短暂留馨梦，
难悟糊涂效板桥。

① 自养红龙十年突然离去悲情而作。

七言诗

友谊长存

（与于伯露青岛重逢偶作）

青岛重逢意更浓，屏前相见欲腾风。
常寻往日追馨梦，共伴今朝醉友情。
且把知音珍作宝，他年再忆又西东。
离别不舍期佳梦，万语千言酒里融。

七律

思　乡

微风入室意悠长，
满树桃花沐暖阳。
走马江湖追日月，
凭观世事觅春光。
浮尘有梦难如愿，
白发频添念故乡。
涌绪牵情浮远梦，
相思落墨且流芳。

五绝

逢学友

天天盛客来，守候醉情怀。
网络群英会，余生大看台。

七言诗

拜读吴夫来长篇小说《走过苦难》有感十韵

走出苦难写人生，雪雨霜霾伴旅程。
沧海舟前掀巨浪，木棉树下起高风。
穿行云岭拨烟雾，走过虬林觅日曈。
阅尽千秋观世井，参明百代伫隅空。
经年砥砺心不怠，岁月泠然志未穷。
苦辣酸甜皆品味，坚贞孑立勇攀登。
朝霞遍洒迎春艳，紫岸嫣熏沐晚晴。
逆境徐行开眼界，缁尘无畏绰怀胸。
挥毫泼墨惊鸿舞，毓秀达观任笔耕。
慨赞文韬激胆魄，钦迟傲骨更恢弘。

随　笔

友谊地久天长

淡淡的秋光，淡淡的星空，
淡淡的落叶，淡淡的茶香。
在这夜阑人静的屏前案头，
轻敲键笔，抒写着淡淡的文字，
追逐着我和友间浓浓的情谊。
流淌着欢乐，描摹着真情，
编织着友谊，净化着心灵。
用指尖敲击飘飞的写意，
用文字凝聚思绪的旖旎，
潇潇洒洒游弋在友情的空间，
把友谊的情愫挥洒得淋漓尽致，

把深情的思念绘制得五彩斑斓。
友谊竟然如此曼妙而又如此深刻，
可见友情是天地间最可贵的情感。
拥有真诚的友谊，
是人生最大的慰藉。
红尘之中与友同行，将不再孤单，
生命之中与友同伴，将不再蹒跚。
友谊如歌，
如歌的岁月，
承载着人生珍贵的情感，
伴随着人生美妙的旋律，
让迤逦的心灵温馨无限。
友谊如淡淡清茶，
让人久久地思念，
芳香悠远，蕴意无穷。
友谊如烂漫春花，

散发缕缕幽香，

传递丝丝暖意，

沁透叶叶心扉。

友谊是缘，是福，是温馨，

是甜蜜，是默契，是牵挂。

纵使是记忆沉淀，时光搁浅，

真挚的友谊是永恒的港湾。

但愿人长久，千里共婵娟。

一次不经意的邂逅，

长相忆，终难忘。

几经风雨，历练了真情，

把一份怀思浸洇到心底。

守候一份陌上奇葩，今生常伴；

诠释一份温情快乐，静谧安然；

送去一份祝福安好，顺心如愿。

唱一曲风花雪月，吟一阙生命赞歌，

在重逢后的日子里，
彼此心中涌着爱，涌着情，
涌着思念的甜蜜与芳芬。
感谢这个世界的魅力！
感谢友的存在！
感谢与君相识！
让我们留住友谊，留住真情，
留住笑脸，留住思念，
留住快乐永恒！
把这份执着珍藏心底，
铭记、沉思、回味、飘香……
友谊地久天长！祝福一如既往！
久伴吉祥永康安，
一杯美酒醉心甜。
风花雪月怡心志，
迟幕相携共乐谈。

难忘的感动

悄悄地我自离开，正如我悄悄地来；
回眸恋恋情不舍，牵魂难却泪染腮。
越思越近，越行越远……
——题记

流年彼岸，留下时光一隅，
回眸素写一笺，拾来一片苍凉，
记下星星点点，祭奠逝去华年。
望月廖怀惆怅，回首曾经暖意芳；
浸沐金风秋雨，甜甜蜜忆醉心央；
思念凝成锦簇，万千情愫意悠长；
寂寞如往萧瑟，几许悲情对酒觞；
尽染离别愁绪，望断秋水枉彷徨。
重逢倾心的喜悦，一见如故的深情，
擦肩而过的缘分，温馨沉醉的心灵。

难忘荷塘月色，难忘风熏日暖；
难忘细雨惊雷，难忘云白霞璨；
难忘兰亭凝重，难忘溪流缓缓；
难忘热情洋溢，难忘惬意姗姗；
难忘音容笑貌，难忘皱染霜斑；
难忘幽趣风雅，难忘絮语缠绵；
难忘柔情似水，难忘深情无限；
难忘温馨盈面，难忘酒醉红颜；
难忘唇枪舌战，难忘舞翩歌婉；
难忘甜蜜心怡，难望幸福蔓延；
难忘……
难忘的感动如清泉涓涓而泻，
流淌在心间甘甜无比；
回首快乐美妙的时光，
倍感幸福轻启；
相约四十五年后的重逢，
尽享快乐旖旎。

我留恋那一份幸福相伴的短暂，

我更珍惜一生携手友情的缠绵，

我会用炙热来注解友谊之烂漫，

我会用心灵来感悟友谊之温婉，

我会用真诚来诠释友谊之绚美，

我会用一生来珍惜友谊之久远。

友谊让人释怀，让人感悟生命的精彩！

友谊让人期待，让人幻想生活再彩排！

有友情陪伴的日子我真的很快乐！

友谊是用心灵互动承载着心声共鸣，

留下的是背影，带走的是回忆。

此时此刻，我的追寻和思念，

已经相融在飘飞的白云里，

似乎永世长别，却又终生相依。

难忘的感动，难忘的记忆，

难舍的乡情，难舍的别离。

再见！难忘的朋友！

再见！难忘的相逢！

故乡随笔

人生如梦，光阴似箭，
笑归桑梓，友情呼唤，
缠绵绪语，快意如仙，
深深感悟，思绪万千，
望月聊怀，静静思念，
追忆流年，心旷神远，
潇潇洒洒，旖旎心甜，
尽情欢歌，真情无限。
故乡的日暖风恬，
故乡的山清水秀，
故乡的天醇地厚，
故乡的云白霞婉。
难得的惬意，难遇的婉约，
难觅的友谊，难逢的奇缘。
凝神注目，嗅香追梦，
净化心灵，升华心境，
陶醉心魂，甜蜜心间。
祝福故乡！祝福朋友！

一帘幽梦

一帘幽梦，不堪回忆，
思绪闸门，难能开启，
往事如烟，深藏心底，
挚友相逢，心旷神怡。
倾诉从微笑开始，
友谊在缠绵中延迟。
轻启心灵那段忧伤的旋律，
拾捡那份破碎的记忆，
让人痴笑！让人哭泣！
幸福、甜蜜、苦涩、忧伤，
一起涌上心头，
一次次掠过心扉，
在 2013 年 8 月故乡行的路上，
留下了深深的印记。
陡然感觉人生如戏，岁月如烟，

忘记不堪回首的年代，
学友重逢，今生几何。
尘封往事，回归自然，
尽情享受上天赐予的美好时光，
切实感悟生命的精彩和魅力！
无须宽慰，无须忏悔，
无须逃避，无须道歉。
一句深情的诚言，暖意顿生，
一个真情的拥抱，怨恨皆无，
一抹温情的微笑，敌意化解，
一次热情的握手，阔腹宽心。
理解，让人与人之间温馨默契，
原谅，让情感在理解中升华旖旎。
理解、宽怀，瞬间烟消云散，
宽怀，理解，顿觉酣畅淋漓，
久违的那份惬意冲刷着所有的烦恼和不快，
原来采撷那份清爽竟然如此简单，
释怀更是如此超然。

挚爱永恒

一次擦肩的偶遇，
一次邂逅的曾经，
却成为生命的永恒。
虽然天各一方，
却是常牵入梦。
感谢红尘相逢，
让我拥有一段挚爱铭心。
想你的时候，
我会徜徉在心灵的原野，
轻抚来自远山的风萦，
采撷旷达绿意的芳芬，
聆听流莺野鹤的叽鸣，
悲悯花凋叶落的残景，
感受生命轮回的大同。

在寂静的夜中，
仰望瀚宇苍坤，
难以让人忘形，
即使没有月朗星空，
也不会屏气迷蒙，
因为我有一盏闪亮的心灯。
常忆春秋东逝水，
知音非语梦中随。
即使我们天各一方，
也不会半途而停，
虽然我们都超越不了时空，
但我们承载着海誓山盟，
我们只求隔空结伴同行，
别让秋霜荒芜美好的梦，
因为我们要共同走完全程。
我们会永远挚手人生，

你永远是我心中回响的鸣。

每当我孤旅独行，

我会朝你的方向目注心凝，

不在为离殇而悲情。

心心相惜，奉献一份真诚；

心心相印，携手美好人生；

心心相通，恬淡温馨神韵；

心心相伴，暖意蔓延心魂。

把缱绻的情怀珍藏心底如醇，

静守陌上风雨沧桑，不离不弃情意真，

期盼一份你若安好，我便心怡乐无穷。

让我们期待早日重逢，

共享一片七彩斑斓的天空。

愿生命中挚爱永恒！

感谢有你

安坐屏前，游走空间，
静品一篇诗文，聆听一首音乐，
赏读一段留言，感受一份快乐，
拾捡一阕馨梦，收获一片真诚。
嗅香追影，余香不断，
细细品读，受益匪浅，
慢慢回放，帧帧精湛，
凝心醉赏，底蕴深远，
隔屏相望，令人神往。
缠绵于红尘阡陌，自是沉醉。
这份快乐，这份典雅，
这份满足，这份情趣，
连接千里之外，温馨弥漫。
此时此刻，人间事态，不屑一顾，
任情恣意，纵情驰骋，
兴致陡增，悠思飘逸，

如诗如画，如痴如醉，
释放着醉人的潇洒，
谱写着唯美的心绪。
空间有你的光临，暖心；
空间有你的足迹，感动；
空间有你的鼓励，沉醉；
空间有你的问候，幸福。
友的每一次光临，都让我感激不尽，
友的每一次鼓励，都让我奋发自勉，
友的每一次祝福，都让我温暖无限。

苦乐年华，葳蕤尘旅，
网海相遇，牵手夕阳，
咀嚼人生，兀自静谧，
轻启梦帘，续写华章，
往事如烟，落花成冢，
心隅浸染，畅快淋漓。
网络相逢，逢缘必得，
网络相知，知音袅袅，
网络相持，持久天长，

网络相守，守望经年。
与你相知是幸运，
与你相守是幸福。
滚滚红尘，芸芸众生，
你是我的挚伴，
是我的快乐，
是我的期盼，
是我的牵念。
岁月无垠，友情有痕，
友情的路上与你携手一程，
婉约生命的瑰丽。
收藏于心，沉醉于怀，
情也依依，梦也悠悠，
今生有你，是缘是福！
谢谢友的来访！
谢谢友的支持！
谢谢友的关注！
谢谢友的相伴！
谢谢友的情谊！
愿友快乐、健康、幸福永相随！

清明祭父

春雨潇潇泣不停，路人皆为祭清明。
陵园扫墓倾心愿，烟袅诚仪更悲情。
父爱如山难尽孝，铺笺写意祭英灵。
阴阳两界天隔阻，无缘回报再生迎。
——题记

一季清明花树蔓，犹然思父无心瞻。
博恩大爱无缘报，笑貌音容在眼前。
心欲裂，魂欲断，仰天极目眺云端。
低头看，涌浪掀，唯把情思寄海天。
父爱慈容追往日，亲情一脉泣当年。
谆谆教导皆铭记，问暖嘘寒烙心田。
父若有知听我唤，英魂依旧在人间。
乘风破雾长诀去，驾鹤游离化雨烟。
拙笔动，泪染篇，萦思絮语涕无边。
恩情重，孝未全，来世重逢再续缘。
父爱永存斑斓婉丽！丝露花雨漫溢心间！
爱之魂魄！情之刻骨！
思之泪串！念之心颤！
颤！颤！颤！

朋友相伴一起走

网络编织友谊，友谊浸染真诚；
真诚唯美生活，生活续写人生；
人生绘制精彩，精彩挥洒写意；
写意迸发诗情，诗情慨赞重逢；
重逢蔓延幸福，幸福感恩友朋；
友朋相持相伴，相伴相持永恒。

友谊不求天天相守！
友谊只求今生等候！
友谊让我心存感激，
友谊让我自信无疑；
友谊让我欢笑于心，
友谊让我铭记于怀。
我的幸福有你成全！
感谢你陪我今生一起走！
祝福你幸福健康天天有！

山水风光

填　词

鹧鸪天

咏　竹

阔叶高节韧乃坚，纤枝翠色品超然。
萧风寒玉嶙霜雪，杳霭秋篁阜雨烟。
一径远，万株覃，幽林自许傲苍天。
新芽满贯根深邃，老干空心骨不弯。

念奴娇

落暮生辉

幽亭坐晚，眷夕霞，柳下一泓清澈。
沧海柔情涛浪涌，偶有垂欢鱼跃。
落暮生晖，舒桐和韵，朵朵云如雪。
嫣红依旧，绿荫白宇蓝舍。
桃李摇曳压枝，梅婷冉翠，紫薇暖香榭。
芳草青苔织锦绣，竹畔泉音馨乐。
燕语莺啼，蛙鸣蝉咏，遍染琼花界。
小桥流水，霓光绣户荧阙。

武陵春

桃园赋

稀雨清风桃满园，翠柳绿河边。
几朵浮云挂岭南，雏燕欲飞天。
碧野沉香摇雾霭，兴致景怡然。
画意诗情伴曲翾，缱绻，醉缠绵。

一剪梅

芳驻耆颜

天海相接云水连。
涛浸白帆，浪洗红船。
斜阳落去涌缠绵。
媚态盈盈，孑影斑斓。
垂柳丝丝榭宇前。
绿岛流光，九陌生烟。
幽筝雅曲抚心弦。
婉润昏眸，芳注耆颜。

沁园春

楠溪江[①]

袅袅泉音，簌簌风萧，缱绻烟云。
雾锁千峰立，松涛竹影，丹崖峭壁，暮色天熏。
洞阙珠帘，清溪瀑雨，墨绿春林翠染魂。
流仙气，花摇香露远，淡雅山门。
幽潭一碧如醇，琼枝玉树葱茏雾氛。
紫楼湖中落，梅香暗度，丝绦裹柳，古迹碑文。
赏景抒怀，诗词煮酒，凝步登阶素影寻。
追风忆，自然生雅趣，返璞归真。

---

① 楠溪江位于浙江省温州市永嘉县境内，流域面积625平方公里，是我国国家级风景区当中唯一以田园山水风光见长的景区。

蝶恋花

旗袍女（制图偶作）

烟雨朦胧街水漪。

窄巷高墙，雏燕栖梁脊。

翠柳丝丝飘婉丽。

清溪潺潺逐流碧。

紫袖香风谁可拟。

浓淡相宜，红伞遮纤体。

靓影柔姿何处觅。

温存仪静旗袍女。

忆王孙

墙头紫杏竞嫣红。

柳下湖波映碧空。

幽径花香诗意浓。

小舟中，更有闲人两钓翁。

蝶恋花

故乡荷花池

临近荷塘心已醉。

涟漪粼粼，菡萏盘高蕊。

仙子悄然花靥对。

月光之下听流水。

携酒溪楼学友会。

踏径寻幽，劲草连天翠，

歌起舞翩乡月媚。

醇醪甘醑飘香味。

九张机

美人入碧（九首）

一张机，疏烟淡雾退潮汐。滩沙逐贝翻来碧。
轻涛碎浪，海天一色，水浸美人衣。
两张机，端庄典雅裹蓝丝。窈窕淑女裙飘逸。
明眸如水，花容月貌，楚楚惹人迷。
三张机，娉婷袅袅步轻移。风情万种多娇媚。
绰约风韵，倾城笑靥，乌发若仙髻。
四张机，纤纤玉指解裙衣。泳装素雅婷婷立。
悄然入碧，薄绡曲线，涟漪翠波惜。
五张机，粼光浸透似花瓷。柔姿凝脂随波起。
玲珑剔透，轻盈游弋，好个美人鱼。
六张机，风娇水媚仰天息。芳馨婉丽人安谧。
追波戏涌，深出浅入，摆臂转身唧。
七张机，凌波涌动叹沉鱼。明仁杏眼羞花意。
雍雍华贵，青春典雅，掩映又生机。
八张机，芙蓉出水映天池。绾结裙带纤腰系。
矜持含蓄，娇妍芳郁，缓缓美人离。
九张机，水天一色小山低。湛蓝海面飞舟去。
流光绚烂，风筝荟萃，日暮亮虹霓。

醉花间

冬去春来

飘香温润春意到，清风和煦绕。
烟水自相融，云淡高阳照。
美人风韵俏，妩媚含羞笑。
新芽吐绿早，葳蕤葱郁见生机，
倚轩晰，冬去了。

满江红

小　雪

小雪时节，寒烟袅、星疏云淡。
烟沉淀、霞光素色，翠酣香断。
水曳波摇流影幻，浪逐涛涌推新愿。
海湾宁、兴致亦悠然，夕阳璨。
潮已退，风拂面。
琴弄曲，歌萦瀚。
梦重温、回首往昔不断。
两鬓斑白无以叹，人生四季轮流转。
动诗弦，欲将韵抚全，心音婉。

九张机

一张机，万千红绿绽芳姿。缤纷色彩飘香溢。
红霞绚美，婉风和煦，绝艳彩绸披。
两张机，旖旎裙裾满城稀。窈窕淑女阑珊立。
娉婷妩媚，似花如玉，矜持美人伊。
三张机，几翁垂钓走长堤。轻吟惬语风流倜。
缠绵情趣，欢颜笑靥，昂首跃鱼提。
四张机，虹桥飞练彩峰齐。茶烟柳月蝶飘翼。
凝花示舞，两三结伴，谁赏不痴迷。
五张机，平涛薄浪载云移。轻舟慢橹横流逆。
渔舟唱晚，静心归岸，人去弱灯息。
六张机，憩园婆娑染秋飔。呢喃笑语欢无忌。
潮汐涌动，舞翾罗绮，曲婉醉神怡。
七张机，夜深人静蕴香诗。星云璀璨相萦系。
粼光尽洒，幻如仙境，巧女绣天衣。
八张机，皎洁明月湛蓝披。星光彩溢游龙奇。
飘飘欲坠，浅斟薄饮，杯影浸霄倪。
九张机，子时秋夜涌相思。斑斓浩渺苍茫霁。
纷飞思绪，抚心寻觅，追梦倚轩晰。

水调歌头

世外仙园

（哈尔滨冰雪节随笔）

明月照宫阙，旖旎耀天台。
犹如世外仙界，步韵引人来。
绝色天骄塞北，名胜琼楼玉宇，七彩绘华陔。
浩气万千塑，美景匠心裁。
朱阁转，滑车落，笑颜开。
飘然梦境，神雕铭刻画银白。
恋曲缠绵环绕，缕缕乡音萦系，缱绻入堂斋。
静气凝神赏，冰雪暖情怀。

卜算子

和冰凌花

羽系凤仙织，体乃石英塑。
天地精灵本圣洁，不染红尘翥。
傲雪笑风寒，熠熠窗棂舞。
待到春晖潜润来，退隐坤倪处。

阮郎归

春来风暖见芳荣，清香醉了侬。
平湖绿水映桃红，漪涟揉月空。
阑珊处，小桥弓，蛙鸣在草丛。
清波细涌总无穷，时光已不同。

鹧鸪天

落碧桃红水漪连，
飞霞泼幕贯长天。
夕阳融会织罗锦，
皓月萦筱挂玉盘。
风曳柳，影儿牵，
霓光闪烁染桥栏。
遥山远处空悬寺，
云卷云舒百丈烟。

浪淘沙

沁溢花香

摇曳入风裳，沁溢花香。

轻舟弄桨海茫茫。

浅看窗前溪映晚，逝水流芳。

雨过草出墙，竹径悠长。

白兰柔美似娇娘。

野陌萧峰云漫卷，紫燕归梁。

春光好

夕阳晚照

长亭北，小篱南，水中莲。

晚照清湖起微澜，彩云翾。

碧草葳蕤深处，幽林翠谷如烟。

最是夕阳无限好，正怡然。

春光好

赋江南

（回敬刘国香）

芳菲少，景怡然，草香传。
几许诗情醉花间，赋江南。
阡陌红尘荏苒，时光转瞬一年。
红叶[①]吟诗撩我醉，动心弦。

减字木兰花

春　芽

东君眷顾，碧海蓝天一目睹。
紫气金风，烟柳红桥几钓翁。
蓝裙淑女，袅袅娉婷颜似玉。
新绿朦胧，只待芳菲入眼瞳。

①“红叶”为刘国香QQ昵称。

醉花阴

遥看幽空春雨坠，敲在窗棂碎。
傍晚落潮汐，风扫微澜，涟漪无痕退。
萍踪瘦影皆无畏，浪里漩波洄。
恋碧久凝眸，触景牵思，遥寄东流水。

武陵春

静谧憩园春已尽，萧条扫烟红。
细雨敲窗不尽穷，又见雾蒙蒙。
欲寐垂柳疏枝颤，坠叶落枯丛。
舴艋归来风作祟，浪里载蛟龙。

点绛唇

烟水幽空

一榻银河，千般夜色松风恬。
玉轮粼璨，云影朦胧幻。
烟水幽空，星海灵光湛。
太遗憾，舒眸望断，自叹苍穹远。

蝶恋花

暮色秋光

逸致闲情窗外眺，
丹叶如霞，装点秋光好。
凝露石榴开口笑，池边竹下菊花俏。
碧海蓝天白鸥绕，
绿榭琼廊，还有斜阳照。
逝水徜徉垂翁钓，烟波盼得渔舟到。

踏莎行

重阳秋色

九九登高，云飞瀑练，枫红收尽秋妆扮。

和风细露且钟情，徘徊眷顾花折艳。

柳岸香尘，竹屏笋悍，晨曦渺渺柔光灿。

深潇涌碧漪琼楼，丝流携浪推沙岸。

朝中措

彩练当空

莺啼长序燕飞家，绿水映兰花。

彩练当空独秀，波光浮动群鸭。

舒桐素影，松风拂韵，遍地奇葩。

远近芬芳一片，憩园缭雾披纱。

浪淘沙

百艳怡园

柳下燕缠绵，风吻娇莲。
葳蕤绿草醉春还。
一道霓光铺水漾，碧涌潺潺。
琼盖海滨山，百艳怡园。
泉音几度扰鸣蚕。
畅坐花间添雅兴，景色斑斓。

满庭芳

浅情舒卷

几朵闲云，一潭碧水，皎洁皓月空前。
扶窗远眺，寂静亦悠闲。
蔼蔼山川绿地，悠悠碧水映蓝天。
烟花绽，枝摇喜鹊，瓣萼婉池莲。
幽情生雅兴，自言自语，可笑痴顽。
坐轩台，晓亭栏，看楼园。
老少婆娑曼舞，挥绸缎，盈醉腮颜。
琴音妙，浅情舒卷，此刻正暄妍。

山亭柳

沉醉其间

暮露含烟，柳巷曳古弦。
竹影瘦，笋芽尖。
海上小舟归岸，水中波浪漪涟。
燕子花蝶飞舞，钓客挥杆。
柳丝摇影云祥瑞，春晖翠洒景怡然。
桃红俏，月清圆。
浸沐馨风一缕，笑声朗朗频传。
指点氤萦野陌，沉醉其间。

清平乐

秋　蕴

柔风细雨，秋蕴馨香曲。
朵朵云花飘如絮，海岸霞烟缕缕。
昕辉沁满苍穹，日光浸染嫣红。
静守暖意流淌，望穿万里晴朗。

点绛唇

碧水红楼，云霞婉若流星雨。

浪逐涛涌，飘洒芙蓉絮。

数点鹃斓，娇靥花前女。

顽童聚，岸边寻趣，撩我浮千虑。

湖光曲

柳月茶烟，虹霓璨影湖光曲。

蛙歌泉语，三两垂杆举。

紫气飘香，湖水摇红绿。

芦花絮，水明星煜，风吻舟摇女。

玉楼春

海边夜赏

霓光塔影琴音转，
明月幽云青柳暗。
北游轮渡乘风来，
南荡渔舟劈浪返。
红裙飘曳烟花漫，
绿草柔情波浪颤。
玉笛横吹舞轻盈，
薄雾迷人图画卷。

鹧鸪天

游　泳

满目霞辉暮景幽，
潮波摇动水中楼。
风吹翠色山如画，
月洒粼光海似绸。
人欢跃，鹊叽啾，
两翁结伴甩金钩。
轻盈入水浮波泳，
洗却凡尘踏碧流。

长相思

冷　潮

树飘摇，影飘摇，桐柳折枝落小桥。荷莲正残凋。

月明霄，星明霄，一抹粼光水上漂。寒风助冷潮。

清平乐

白衣红裤，踏曲轻松舞。

鼓乐齐鸣惊来鹊，几点零星飞雪。

垂翁静坐悠然，顽童高荡秋千。

浣女溪边言笑，美人独立寒桥。

昭君怨

月洒银丝千万，柳动虹旋百盏。影幽暗。

楼上琴翾曲转，门外婆娑舞曼。谁来伴。

诉衷肠

秋　殇

天高气爽雁飞南，云朵蔽崖端。

蝶踪雁迹已远，美景也凋寒。

蛙入眠，鹊盘旋，凤荷残，

堪怜花谢，烛泪秋殇，凝望无言。

江南春

风缱绻，雨缠绵。

芭蕉桃李艳，云水鹊桥仙。

微波徐浪舟帆过，谁见花都赛江南。

格律诗

七律

独钓冰轮

徘徊雾卷气蒸熏，
杳霭烟团泛紫云。
晚濑东流情有意，
斜阳西落梦难真。
曾将笑靥随天朗，
又染愁容对月吟。
执意凝眸观逝水，
用心独钓一冰轮。

七律

秋光写意

碎浪沧涛竞远航，
凄凉雁影奔他乡。
堪怜冷露摧花朽，
且叹寒霜覆草黄。
染尽秋心霜满鬓，
赊来春意暖芬芳。
丹青笔下书心语，
醉里癫诗墨洒狂。

七律

拾情挽绪

瘦影孤斟望海湾，
幽人独醉晓秋莲。
飞烟弥漫风斜雨，
雾霭凝朦浪滚天。
爱慕拾情寻雅处，
含思挽绪赋新篇。
人生有梦心非老，
慨叹沧涛漪万年。

七律

月夜情思

星灿空蓝月满轮，
乾坤处处尽披粼。
幽窗雅阙寻初影，
蕴意凝眉忆故人。
翠黛娉婷浮旧梦，
芳香沁露品新醇。
欣然欲语思无界，
酒入痴心壮胆魂。

七律

小舟闲荡

绿水浮舟坐板床，
轻飘浅荡胜洋房。
裁云剪涌听风柳，
唱藕吟荷诵雨篁。
旷野高天沉暮霭，
幽林浅碧染荷塘。
闲酌纵曲寻欢乐，
月映杯明溢酒香。

七绝

老龙头山海关

遐岳瀛溟御凶藩，
龙头起处第一关。
秦皇汉武千秋事，
山海沉浮万古天。

七绝

夜雨幽湖

夜雨敲窗潋滟溶，
幽湖菡萏满池琼。
轻波荡漾千风过，
树影霓光几道红。

七绝

夜景玟心

窗外香梅绕紫楼，

嫣红百媚醉花稠。

竹风柳色摇春景，

爽意玟心不远谋。

七绝

清晨掠影

山中雅士弄笛声，

陌上村夫垄上耕。

浪里蓑翁撒扣网，

泊湾渔女摆舟蓬。

五律

陌上流芳

横风扫雾淞，
斜雨洗青桐。
潋滟粼丝缎，
波流簇锦绒。
桃花摇梦浅，
蕙草曳成丛。
陌上涂春艳，
江川绣翠龙。

七绝

石　榴

满树石榴扮靓妆，
琼姿洒韵胜霓裳。
玲珑玉缀惊花梦，
笑口初开傲百芳。

七绝

夜　赏

潺潺翠碧早迎春，
煦煦金风扫落尘。
遍洒蟾光山捧月，
疏播霓彩水流云。

五绝

舞红绫

夜落幽山远，
春来阔野青。
飞音歌起处，
鼓瑟舞红绫。

七绝

漫步桃花园

漫步桃园赏玉容，
潺烟浅入映花红。
绛枝粉萼托花瓣，
笔底题诗赋婉情。

七绝

蒲公英

玉露金风夜雨绵，
黄花绿叶草丛间。
携来一地春光景，
染浸心头五彩园。

七绝

春　缘

烟雨风光素有缘，

桃红柳绿载春还。

馨风扫雾涂山翠，

碧洒清涟映九天。

七绝

春　还

红尘一梦又春还，

雨嶂烟峦映碧莲。

小醉楼台神栩栩，

欣然柳岸舞翩翩。

七绝

冷　春

寒烟袅袅伴春回，
冷雾萧萧裹雁归。
脚下生风追日月，
心中溢彩沐霞辉。

七绝

竹　韵

风泉雨径隐竹篁，
秀影天资赛媚娘。
含韵有节空对月，
云蒸雾裹念情长。

七绝

为令剑新疆摄影作品而题（三首）

一

西游神话火山遥，
令剑亲临觅古瞧。
赤浪烧云飞鸟怵，
悟空灭焰万年焦。

二

冰峰雪岭云天下，
姹紫嫣红醉剑君。
曼舞轻吟小夜曲，
狂摄览尽大乾坤。

三

火山赤浪鸟飞绝，
碧水平湖倒影斜。
夏暑峰寒囊素雪，
星出日落子时约。

七绝

铁树开花（二首）

（欣赏李廷夫摄影作品有感而作）

一

江南铁树绽琼花，
嫩蕊金丝宛若霞。
静守灿然情韵致，
人生几度遇知他。

二

江南苏铁又开花，
金色雌雄仪态佳。
健美天姿英气壮，
清香婉丽玉无瑕。

七言诗

姑苏桂花香

（欣赏刘国香摄影作品有感而作）

九月姑苏桂卷香，
花期婉韵淡梳妆。
金风借雨姝千蕊，
素点秋波胜百芳。
几度红笺闲对月，
三分素墨任疯狂。
飞云入梦临君处，
雅意倾神画笔扬。

七绝

桂子芳

（欣赏刘国香摄影作品有感而作）

金秋云外树披裳，
遥望姑苏桂子芳。
景染情怀思远客，
花团簇簇入心香。

七绝

步韵和蒲树柱 北国之春

冰融色借汇芳梅，

万象北国紫燕归。

百草萌芽春舞韵，

东君送暖笑相随。

蒲树柱原玉 北国之春

江南三月春光美，

北国四月绿意归。

红梅隐退群芳艳，

万紫千红竞相随。

七律

立　冬

浅看窗前小雨潸，
熏风劲扫载冬还。
柔柔碧水酬溪客，
冉冉烛光染碧莲，
冷露三分裁柳瘦，
寒烟几度剪花残。
情思远荡收心底，
写意无及任笔弹。

七绝

君子情韵

梅雪飘诗蕴哲思，
兰香雅颂咏馨词。
竹篁翠意摇仙影，
菊蕊柔情绽美孖。

七绝

冬　梅

冬梅翠萼自暄妍，
满树绯红待朔元。
独凛冰霜别有韵，
孤标君子傲凄寒。

七绝

瑞雪飘花

玉月飘诗雪掩门，
江山一夜竟无尘。
红梅几点香如故，
袅娜骄恣醉客魂。

七绝

叹芳魂

昨夜寒风雪染白，
今朝折蕊断头台。
残园败景无花影，
嫩萼芳魂雾里徘。

七绝

听落雨

风摇柳绿换红衣，
满目诗情画谫题。
斜倚窗前听落雨，
凝眉浅唱看潮汐。

七绝

枫红耀眼

枫红耀眼醉游人，
妆点秋光亦若春。
逝水徜徉别有韵，
诗心涌墨素成文。

七绝

古城冬韵

古城冬景亦如春，
绿草红花正可人。
碧水楼台连倒影，
碑廊墨迹更怡人。

七绝

不舍春

败叶残红不舍春，
迎寒傲雪少精神。
风光掠尽呈霜色，
花到此时已走魂。

七绝

自芳神

一点嫣红见暖春，
孤芳独曳自销魂。
波摇倩影花无语，
淡定清馨更醉人。

七律

秋 寒

一抹斜晖系笔笺，
清词淡阙入秋寒。
难知朽叶空相向，
欲咏残红为哪般。
掸落心尘揉字乐，
拾来愁墨待诗怜。
毫端着意情如故，
瀚世悲欢绮梦牵。

七绝

梅 韵

嫣红绽韵冷香凝，
玉魄琼姿媚满盈。
瑞雪钟情俅粉黛，
舒风好色扰精灵。

七绝

梅　魂

雪舞千重秀彩雕，
一枝初艳领风骚。
凝香静默含娇态，
谁伴花魁度夜宵。

七绝

梅　情

春赇夏诱不争琼，
惬爱冬寒傲九重。
色彩怡神花有意，
娇容雅韵晓梅情。

七绝

梅　红

淡月粼光满树红，
凝闲素质傲苍穹。
冰肌玉骨凌霜雪，
浩气仙姿载玉容。

七绝

梅　态

翠萼烟花日吻娇，
红妆淡荡雪缠瑶。
多情雅质偏独艳，
翘首凝香满自豪。

七绝

梅　雪

琼花雅态露峥嵘，
瘦岭荒畴汇紫红。
嬉雪凝霜添素雅，
风流掠尽任葱茏。

七律

渔舟唱晚

云涌掀涛舞玉龙，
风潮逐浪戏舟公。
渔歌唱晚寻流碧，
水觅知音映月空。
阔叶多情争翠紫，
繁花有意守嫣红。
江天璀璨心涂艳，
落暮余晖魂染彤。

七律

晓月闻风

清池浅荡碧波涟，
玉露来堤烟柳寒。
朽叶昨宵衰骨断，
残花今日弱魂蟠。
霜桥晓月堪无暖，
冷阙闻风更觉烦。
可叹苍天难解意，
奈何逝水不知还。

七绝

山间漫步

小鸟依人柳上吱，
鲤鱼眷梦藕边持。
浮云散雾千山韵，
碧漪逐波一水诗。

五律

黄昏赋

日半近黄昏，
商家客满门。
南山擎玉月，
北岭系枫裙。
夜景消陌宇，
秋光染寂岑。
海空成一色，
纵碧也牵魂。

七律

咏　菊

旷野稀花九月开，
纤枝秀蕊沁心台。
芳菊绝色含高韵，
玉骨冰魂妙剪裁。
仪态柔情孰可比，
葱茏华盖暗香来。
痴君笑览情迷处，
更有他人欲采摘。

七绝

子夜听风

落尽芳华一世缘，
香沉冷遇闭窗寒。
浮云隐去冰轮影，
子夜听风乱笔弹。

七绝

花残又一秋

暮落星团远逝鸥，
云游月朗近归舟。
孑然触景悲春落，
慨叹花残又一秋。

七绝

秋　分

秋分节气洒清寒，
折翠芳林始入眠。
四季轮回天亦老，
人生踏梦岁留颜。

七律

秋　韵

时逢九月少风凉，
秋桂飘香溢满堂。
山隐浮云遮万壑，
水笼烟瀑泻千行。
篱南落叶争高远，
陌北芳菊竞粉黄。
几度重阳添岁月，
铅华洗尽又何妨。

七绝

细雨多情

细雨多情沐紫黄，
枫林陶醉换霓裳。
秋红渲染着人意，
墨韵羁怀任笔狂。

七绝

诉情衷

秋霜一笔绘枫红，
夜露冰花诉婉衷。
晓雨闻风诗上口，
牵思叠绪墨通融。

七绝

微雨情韵

夏暑添风送雨凉，
银珠入涟汇琳琅。
湿心润眼滴清爽，
醒意提神笑满堂。

五律

重阳赋

滩沙逐碎浪，
氤氲簇幽杨。
踏露擎茱草，
登高醉柏篁。
楼前多艳色，
柳岸见姝廊。
远客挥潇洒，
蝉音妙冗长。

七绝

扶摇枕梦

扶摇枕梦醉飘仙，
揽月追星绕宇寰。
踏雾腾云披缛彩，
拾来春色洒人间。

七绝

捧月难留

入目韶光又一秋，
窗前捧月欲长留。
残红未尽生怜意，
怎把琼花当画牟。

七绝

玉影花残

云浮玉影水中游，
冷露花残陌上秋。
荏苒时光无可奈，
人生何必怨白头。

七律

故园新貌

松鹰霭阙玉桥横，
水榭楼台绿瓦亭。
月色清风裁柳絮，
星光绿漪曳莲萍。
孤山翠岭织娟秀，
并蒂花溪绘锦绫。
曲婉神闲盈客座，
故园新貌不虚行。

七绝

冰轮竹影

小坐湖边暮渐昏，
白墙绿水浸冰轮。
秋萍漪迹摇竹影，
岸草芳菊伴柳吟。

七绝

潮　汐

潮汐徐涨浸沙延，
皓月粼辉染碧潭。
轮渡出航行远客，
清波着韵载流连。

七律

秋　心

秋心一梦笔先裁，
逝水流光不复来。
馈影幽山无黛色，
银辉半月照青台。
堪怜锦苑折枯蕊，
凄悯华篱露残荄。
了目苍凉难舍去，
牵思动意满情怀。

七绝

秋　怜

一年弹指入秋头，
万物残凋满目收。
莫怪浮尘空枉叹，
孩童转眼变白叟。

七绝

秋　光

淡雾浮云弇夜空，
微风疏雨洗峥嵘。
秋光冷水凝心霭，
柳韵松香入晚彤。

七绝

秋　雨

枯枝残叶裸舒桐，
秋雨凄风虐紫红。
撩我忧思难赋笔，
随心写意欠葱茏。

七绝

冷艳残花

梅洒屋前日暖堂，
风摇柳岸草余香。
枯深朽叶犹着韵，
冷艳残花已落黄。

七绝

随　笔

墨韵诗魂赋水澜，
孑然慨叹雨烟寒。
昔年往事抛天外，
玉露金风伴我闲。

七绝

对影闲酌

清词淡阙咏婵娟，
一缕银辉照暑寒。
对影闲酌风共我，
幽思幻绪迤昔年。

七律

郊　游

柳径幽亭淡雨烟，
晴潭幻碧潜空蓝。
村郊旷野愉心海，
路尽横山悦眼帘。
照影柔风勾画卷，
粼光栩雾锁梅园。
欣然靓月登仙谷，
更喜斜阳入霭川。

五绝

暴雨来袭

暴雨夜来袭，
狂风骇浪急。
烟波云雾煞，
树倒满园畦。

五绝

夜归人

雾霭清风动，
云沉海浪浑。
蟾光山外隐，
犬吠夜归人。

七绝

幽谷泉音

梅红柳绿野菊黄，
幽谷竹深艾叶香。
瀑语泉音风雅处，
波柔水软涧清凉。

七绝

夏雨零星

夏雨零星点画图，
松针柳叶落银珠。
斑驳浅雾摇灯影，
菡萏清新倚静湖。

七绝

韵飞花

诗心妙意韵飞花，
指扣香凝月染纱。
影走云游闲入梦，
风烟柳动撼山崖。

七绝

叠山月色

波粼载月荡明珠，
碧影浮莲旖静湖。
阔叶新枝封满路，
叠山翠岭嵌金屋。

七绝

蝉 鸣

柳岸花蝶绕紫亭，
繁枝茂叶闹蝉鸣。
荷仙吐蕊藏红翠，
半日衔山惬晚晴。

七绝

丹斗寺

峭壁悬崖百丈堤，
华人佛教半空旋。
神坛丹斗高悬寺，
天上人间一景奇。

七绝

青灯古刹（二首）

一

柳月幽空碎影闲，
稀星残烁有谁瞻。
青灯古刹幽山楚，
静守流光一水环。

二

游云散雾落崖端，
绝壁清涟沐紫烟。
半片残阳斜照晚，
禅音古刹一门关。

七绝

墨笔裁

靓月弯弯数影徘，
云烟袅袅几人徊。
朦胧暮色粼光洒，
素淡诗情墨笔裁。

七绝

玉女亭亭

粉黛轻描笑靥飞，
嫣然袅娜粉裙帷。
冰肌玉骨窈窕女，
妩媚矜持众目追。

七律

春江游

（与好友自驾江南游随笔）

一江春水洞天游，
两岸松山烟雨稠。
紫榭文廊花径户，
白屋雅阙玉阶楼。
轻舟浅渡横摇橹，
重舶深沦逆摆头。
翠鸟低飞雏鼓翼，
旋莺俯绕子回眸。

七言诗

楠溪江

（与好友自驾江南游随笔）

清风袅娜入云端，

涧水蜿蜒九道弯。

绿径幽荫空掩洞，

珠帘水瀑缝隙间。

神功断壁千锋楚，

鬼斧劈川万仞寒。

古战唐兵崖下库，

今逢盛世一重天。

七绝

与好友自驾江南游偶作

缕缕茶烟溢满屋，
唇枪舌战语连珠。
竹楼小径飞燕子，
柳下花篱映底湖。

七绝

青灯塔影

柳月清幽挂岭端，
白云雅逸驾飞烟。
远山深处灯一点，
夜寺高悬塔入天。

七绝

山水人家

白云绿水绕山崖，
小院竹篱便是家。
鸡犬同林蝉作伴，
顽童野趣戏流沙。

七言诗

游苏杭

江南烟雨好时光，
西子园林桂子香。
绿柳青竹通远径，
红楼碧旖映格窗。
轻舟浅荡云飞洒，
古榭石桥碧染塘。
藤蔓枝繁真美色，
人间四月满琳琅。

七言诗

揽九重

（与好友自驾江南游随笔）

碧水蓝天映大空，
幽山翠谷已朦胧。
飞云落日撩孤眼，
靓月升烟沐紫风。
几缕芳香无觅处，
三分春色有花红。
高竹曲径难舒雅，
再上丹崖揽九重。

七绝

满园诗

款步园蹊小径直，
幽亭雅榭满园诗。
丹荷嫩蕾娇含露，
水调歌头蝶舞池。

七律

春光心曲

粼光淡月染花桐，
素水凝闲映碧空。
嫩柳香梅春婉处，
萧莘菡萏洒嫣红。
松风竹雨撩心曲，
荻絮梅霜入眼憧。
细嗅芳华千百态，
人生几度赋峥嵘。

七言诗

公园掠影

美妙轮滑一小丫，
蹒跚学步两娇娃。
陶然老妪独凝浪，
兴致垂翁钓晚霞。
快乐情人争戏水，
倾城浣女自揉纱。
骚人雅逸吟酣畅，
墨客刷堤笔绽花。

七绝

梅　园

梅园逸丽展琼枝，
袅娜娇凝自蕴诗。
玉骨冰裳犹入画，
盈眸醉赏让人痴。

七言诗

蓬莱仙境

人间仙境不虚名，漫洒琼辉把客迎。
寺庙焚香求好运，碑林墨迹蕴姝情。
幽阁曲径丹崖坊，海市蜃楼灯火萦。
翠岛琼珠镶入碧，奇花异树嵌篱茗。
清风载雾千川矮，煦日裁云万里晴。
墨客文人诗易动，秦皇汉武志难平。
交融骇浪黄渤吻，骤雨惊涛避风亭。
虎跃三山歌盛世，龙腾四海舞鑫程。
旷然醉意随心婉，景色萦思触笔情。
此地传闻了无据，人间仙境已通灵。

七律

蓬莱随笔

淡月玲珑挂树梢，
流云幻影满天翛。
梅花不负陶然醉，
柳叶知情翠羽摇。
未见渔翁歌以至，
忽来浣女唱声漂。
风裁水曳千重揽，
浪起烟波万里迢。

七绝

初　春

漫走长堤月影随，
无芳夜赏晚风微。
初春态异出新绿，
一点风桃引客回。

七律

探　春

莫道冬寒朽叶飞，
春临只待百芳回。
云山隐翠松风婉，
雾海藏青竹雨岿。
紫气东来千风入，
碧流南去万波追。
飘然一度梅霜雪，
几日桃花燕子归。

七绝

紫气流香

腊月如春欲绽花，
松亭柳苑弄琵琶。
红衣试镜迎新到，
紫气流香入万家。

七律

流星雨

银河落瀑雨花沉，
万丈珠帘动彩帧。
洒翠飞鎏消宇迹，
泼璘坠玉化烟云。
欲求袅娜千姿影，
醉恋婆娑一抹痕。
悱恻缠绵难忘却，
怡然片刻也精神。

七绝

乐山傲雪

（为卢祥登山而作）

乐山傲雪自逍遥，
意在登攀步步高。
健体强身增福寿，
亦游亦娱万事抛。

七绝

露　珠

烟空载日步闲行，
翠露银珠挂柳亭。
摇曳一滴云水散，
从容浪迹碧流滢。

五绝

残　荷

烟空皎月明，
雪径绕弯行。
三两残荷颤，
一潭深水情。

七律

漫步黄昏

斜阳小径一平川，
碧水金沙五彩山。
柳岸蒙蒙飘雾霭，
渔村袅袅绕炊烟。
微风似玉揉心键，
细涌如丝抚醉弦。
挚伴逍遥观落日，
萦思暮下赏婵娟。

七绝

落叶情怀

梧桐桦柳自成荫，
一季霜寒枝上贫。
败落飘零情未了，
归根待翥再封林。

七律

晨光浴

旭日升腾海浸诗，
粼波荡涌碧含词。
柔风暖气飘清爽，
淡雾闲云秀美姿。
远望浮岚陶若梦，
近观烟柳醉如痴。
仰天独享晨光浴，
笑靥徜徉忘几时。

七绝

冬　雪

余晖了目云烟满，
瑞雪纷飞落不绝。
紫阙张灯盈黛色，
梅花翠萼已残缺。

七律

悯殇残

落花成冢北风寒，
荡气回肠沐雨烟。
水岸梧桐飘朽叶，
山前苇草荡枯涟。
听琴无奈忧心染，
闻曲添愁乱意缠。
洗尽芳华无觅处，
枫红满地悯殇残。

七绝

无　题

柳絮飘飘叶落潭，
浮云朵朵雨滴泉。
空山寂寂千风过，
碧浪滔滔万滚船。

七绝

残　红

凄悯残红叹枉然，
孤标饮露怵冬寒。
衰颜萎色风中颤，
霜雪何须苦摧残。

七绝

海滩随笔

山幽水蔓飘轻雾，
草颤花摇已败枯。
柳韵梅魂随浪远，
芳华阅尽已无初。

七绝

月夜笙歌

云中寂月半遮颜，
火树银花舞正翩。
醉卧屏前敲键笔，
笙歌一曲荡悠然。

七绝

暮色残秋

满地枯秧伴落花，
空中雁影远离家。
高风曳柳摇双鹊，
暮色塘前卧寒鸭。

七绝

夜雨秋寒

孤船夜荡浪催逐，
翠柳飘摇正败枯。
只鸟寒巢谁与共，
繁花散落雨残涂。

七绝

夏　咏

云飘几朵满天馨，
水荡千涛数浪吟。
日吻娇莲蝶伴舞，
风摇柳叶燕双临。

七绝

渔光曲

泉音美妙蕴哲思，
一曲轻弹颂古词。
落日衔山霞赋锦，
渔翁醉唱水吟诗。

七绝

惬在云水间

绿野溪流惬意添，
斑斓七彩碧心翾。
风和柳俏清音送，
荡绪飞思云水间。

七绝

花　痴

千山彩绘袅约风，
野赏青桃淡紫红。
碧隐幽篁凝月影，
花痴着意晓芙蓉。

七绝

咏　竹

苍翠香苞惹画诗，
空心无欲向天驰。
高节柔韧傲风雪，
气盖霜天自然直。

七绝

野　趣

孤棚犬吠溪流过，

草木垂青燕雀多。

深谷槐花香气远，

山中野趣固然多。

七绝

溪边景

岸上桃红老树荫，

门前柳绿小花馨。

溪边翠黛飞双燕，

桥下金沙浣女裙。

七绝

夜半听雨吟

夜半无眠听雨吟，
风吹落叶染秋心。
空忧冷艳花先老，
且晓黄山灿若金。

七言诗

长　岛

汇聚黄渤云水间，
平涛细浪玉花川。
奇石峭壁丝丝雨，
碧海金沙袅袅烟。
翠柳繁花迎远客，
蝴蝶燕子送归船。
城隅引入八方客，
小岛情怀不一般。

七律

老铁山灯塔[①]

孤标傲立引航船，
四射光芒照海山。
玉秀高洁明塞道，
娇柔妩媚送福安。
餐风饮雪灼烈日。
挂露披寒伴玉环。
顾盼山巅迎远客，
浪打情怀为人间。

① 老铁山灯塔位于辽宁省大连市旅顺口南端，三面环海。灯塔前沿南北方向的海面恰好是黄海和渤海的分界线，系清政府于 1893 年请英国人建立的，至今已有百余年历史。灯塔主体部件是 1892 年法国制造的。老铁山灯塔是国际一流灯塔，它是渤海及旅顺口的重要助航灯塔，是大连市重点文物保护建筑。

七言诗

承德避暑山庄

殿阙楼台锁雾迷，
青峰翠岭绕墙篱。
碑廊翰墨寻芳翠，
御笔诗文见旖旎。
曲径幽山含寺庙，
擎天一柱景中奇。
平湖倩影湖莲沚，
碧水波光夏柳怡。

七绝

承德避暑山庄

雅气环山水映宫，
三朝圣地楼已空。
寻前觅古知无尽，
翠柏苍松见始终。

七言诗

北戴河

远见波龙逝水柔，
近观岸上数排舟。
桃花翠柳云飞洒，
老树新枝水影流。
惬步高台香满户，
囊收美味醉仙楼。
时逢夏日风光好，
执子相携笑语稠。

七绝

桃　花

四月香尘铺满路，
桃花绯色绽芳姝。
娇颜怒放夺人意，
掠尽风光饱眼福。

七绝

春花曲

万里江山暖意浮，
春花遍野败残无。
高窗雅士开怀唱，
柳畔红颜映底湖。

七绝

早　春

万籁风迎百户门，
千山孕绿杏花村。
白鸥戏水雏鸭叫，
紫燕徊泷锦鲤寻。

七绝

天水相形

碧海洪波涌浪驰，
乌篷载客最相知。
云山日月长约影，
天水相形映画诗。

五绝

雨中拾趣

微雨千丝落，
清风万里波。
挺胸神气爽，
昂首向天歌。

七绝

滑　雪

旷顶擎云揽日酣，
高山踏雪乘风旋。
英姿矫健惊幽谷，
振臂高呼动九天。

五律

滑　雪

滑车上岭端，
瑞雪舞翩跹。
曲转同挥杖，
直呼共绕幡。
风凉堪入骨，
心暖且无寒。
剑舞云巅下，
虹飞天地间。

七绝

山中春色

曲径柴篱傍小溪，
村姑撒米鹊鸡啼。
青山碧水高悬寺，
夜色光粼众户霓。

五律

海边同乐

碧水映天图，
波光亮滟出。
云游随影动，
星璨亮如珠。
执手观天朗，
扶栏瞭底湖。
同心吟古意，
共赋语连珠。

七绝

霁月盈春

霁月盈春缓步来，
金风婉韵百花开。
天山云水争芳色，
借景吟诗柳下徊。

七绝

待春回

雁过春回扫旧残，
挥情遣意望高天。
兴诗载韵寻芳谱，
落墨涂笺画月圆。

七绝

秋　还

凉风冷雨载秋还，

小浪轻摇荡孤船。

苦乐流年空辗转，

人生何必竞谁前。

五绝

赏月廖怀

月朗千山寂，

云开万木春。

风吹心韵动，

曲婉醉香魂。

七绝

闹元春

元夕吉日闹新春，
灯火斑斓喜入门。
缛彩高标花坠玉，
风华载岁入年轮。

七律

碎　片

清钟叩响又一年，
万户千家闹上元。
淡雾轻霜云蔽月，
微风瑞雪水缠绵。
飞花彩练通天洒，
焰火红图落地残。
梦断心空悲缱绻，
凄凉碎片卧冰寒。

七言诗

故乡随笔

园林已替往时蒿，
巷道繁荣换旧桃。
尽览昕光销雨霁，
难寻往日野荒郊。
泥房草场无踪影，
绿树成荫映碧霄。
母校乡城情未了，
同窗不舍赞声高。

七绝

梅　香

芳姿月下入窗帏，
倩影梅红梦几回。
饮尽霜寒花更好，
琼枝数点暗香随。

七绝

飞　沙

冰城近日乱飞沙，
闭户闲情饮酒茶。
北望霜园昏漫漫，
稀人寸步掸霜花。

七绝

咏　雪

闭月清宵柏树图，
银光一色胜桃姝。
晶莹素黛天来客，
日照花无落玉珠。

七绝

静海笙歌

冷雪寒霜百艳杀，
枯枝残叶满山崖。
孤蓬渔火阑珊处，
静海笙歌百姓家。

五言诗

雪　花

雅逸自天垂，
晶莹洒翠微。
仙姿不斗艳，
玉陨千层堆。
静默融黑土，
悄然润物回。
任他争高远，
此岁不重归。

七绝

黄渤恋

夏暑蓬莱热雾遮，
人流涌动沸仙阁。
登高俯瞰黄渤恋，
萍水相逢万古合。

七律

阳春随笔

阳春皎月染花桐，
素夜闲云嵌夜空。
烟柳桥边春婉处，
萧莘菡萏洒嫣红。
松风竹雨撩心曲，
荻絮梅霜醉眼暝。
细嗅芳华香满院，
超然写意入诗情。

七绝

宝清湿地随笔

遍野芦花雏鸟藏，
浅鸭踏浪水中忙。
泡泽苇面迷人静，
湿地绿洲栈道长。

七绝

五大连池随笔

火山静漠百年枯，
遍地熔岩墨海图。
栈道蜿蜒芦苇荡，
名泉妙水自然出。

七绝

温泊行（二首）

（五大连池温泊湿地随笔）

一

温泊栈道雨滴疏，
遍地熔岩似海枯。
墨燕低飞风动苇，
白杨翠柳落银珠。

二

熔岩过雨青苔绿，
栈道寻音望水鱼。
少见墨蜓湖面点，
常闻雏鸟柳中嘘。

七绝

好丰年

（友谊农场随笔）

万顷良田一片天，
平涛碧浪好丰年。
荒原始垦青春献，
盛世迎来鬓染斑。